# 轉生成蜘蛛又怎樣！

作者：馬場翁 okina baba

插畫：輝竜司 tsukasa kiryu

13

Kadokawa Fantastic Novels

# contents

# 1 驅除魔物的工作

「嚕喔喔喔喔喔————！」

不像是這個世間之物的咆哮聲響徹周圍。

真要比喻的話，咆哮聲主人的外型輪廓應該像是隻鯨魚吧？

這只是比喻，而且只限於輪廓，所以實際見到的模樣與鯨魚相去甚遠。

坦白說，除了圓滾滾的身體之外，雙方毫無共通點。

再說，這裡可是陸地，不可能會有棲息於海中的鯨魚。

不，這個世界的大海中真的有鯨魚嗎？

正當我想著這種無關緊要的事時，冒牌鯨魚的身體被捲入爆炸之中。

「嚕喔喔！嚕喔喔喔喔————！」

冒牌鯨魚生氣地激烈擺動身體。

光是這樣就讓附近的地面碎裂，產生了衝擊波。

不愧是能被比喻為鯨魚的生物，那傢伙的體型十分巨大。

總之就是巨大！不需要解釋！

我實在很想這麼說。

只憑藉那種質量，就足以構成威脅了。

如果要我重新描述這隻冒牌鯨魚的外表，我只能說很難形容。

就外型輪廓來說，真的跟鯨魚很像。

頭部與軀幹直接連在一起，找不到兩者之間的界線。

而且應該算是臉的部位上就只有嘴巴，沒有像眼睛和鼻子的東西。

就連唯一存在的嘴巴也只能算是個洞。

如果用巨大蠕蟲系魔物的嘴巴來形容的話，應該會比較容易理解吧。

那種魔物臉上就有那種類似洞穴的嘴巴。

只不過，這傢伙並不是蠕蟲系魔物，證據是──牠長著手腳。

牠有著魚鰭般的巨大前腳，而魚尾般的後腳則長在跟嘴巴反方向的身體根部。

嗯，輪廓就像隻鯨魚。

可是，我覺得這種傢伙不能算是鯨魚！

「嚕喔喔喔喔喔──！」

從冒牌鯨魚的嘴裡發出了好似在牠臉上的洞裡迴盪的咆哮聲。

「吵死人了！」

像是要打斷這聲咆哮一樣，吸血子揮劍砍向那隻龐然大物。

但吸血子揮出去的大劍被柔軟的灰色皮膚擋住，無法斬開冒牌鯨魚的身體。

「嘖！」

吸血子發出咂嘴聲，被冒牌鯨魚的魚鰭狠狠拍中。

吸血子整個人誇張地飛了出去。

為了進一步撲向被擊飛的吸血子，冒牌鯨魚前傾身體。

可是，牠只能讓身體前傾，沒辦法做出更多行動。

因為絲。

冒牌鯨魚的巨大身軀被相較之下實在太細，如果不定睛凝視就看不到的絲纏住了。

而拉著那些絲的人，是分散四處的人偶蜘蛛四姊妹。

四名人偶蜘蛛聯手阻止了冒牌鯨魚的行動。

「嚕喔喔！」

冒牌鯨魚發出短促的咆哮聲。

然後從全身噴出徹骨的寒氣，凍結纏住牠身體的絲。

蜘蛛絲應聲碎裂。

就在這時，一把劍射了過來。

那把劍噴出烈焰，爆炸了。

冒牌鯨魚噴出來的寒氣與劍爆炸的火焰互相碰撞，結果是由冒牌鯨魚的寒氣取得勝利。

這也未免太扯了吧……

真不愧是神話級的魔物。

沒錯，其實這隻冒牌鯨魚是危險度神話級的魔物。

所謂神話級，是號稱人類不可能對付的一種危險度等級。

光是一隻神話級魔物，就擁有足以毀滅一個國家的戰力。

而這隻冒牌鯨魚就是其中之一。

牠一直悄悄生活在魔族領地北方盡頭這誰也不會接近的不毛之地，是個活生生的傳說。

這傢伙叫什麼來著……

我記得那是個超級長，而且不好發音的名字。

休波……什麼什麼的。

……嗯！就叫牠冒牌鯨魚吧！

在我忙著回想冒牌鯨魚的名字時，戰鬥依然在進行。

這次的參戰者是吸血子、鬼兄、人偶蜘蛛四姊妹與梅拉。

每個傢伙都是超人級的強者。

就算對手是神話級的魔物，這個陣容也足以抗衡。

其實就危險度等級來說，人偶蜘蛛四姊妹也跟冒牌鯨魚一樣，都屬於神話級。

只不過，雖說都是神話級，也有強弱之分。

同樣都是神話級，但老媽與人偶蜘蛛四姊妹的能力值就差了超過一倍。

同樣的道理，就算都是神話級魔物，冒牌鯨魚也比人偶蜘蛛四姊妹還強。

因為我已經無法使用鑑定，無法詳細得知冒牌鯨魚的實力有多強，但看來牠的平均能力值應該是一萬五千左右吧。

而人偶蜘蛛四姊妹的平均能力值略大於一萬，所以雙方應該差了一點五倍左右。

如果一對一單挑的話，就連人偶蜘蛛四姊妹都打不贏。

哎呀，就是因為這樣，我們才會依靠數量優勢與之對抗。

不過，在這個世界沒辦法只靠計算能力值與數量，就知道誰會勝利、誰會戰敗。

技能的質與屬性相生相剋關係也是一大重要因素。

就這點來說，冒牌鯨魚可說是個棘手的強敵。

不光是人偶蜘蛛四姊妹，蜘蛛系魔物都害怕冰屬性攻擊。

雖然沒到火屬性那種程度，但還是不擅長應付。

而吸血子的戰鬥風格也是以冰屬性攻擊為主。

就算用冰屬性攻擊對付冰屬性的敵人，效果也很薄弱。

不，我猜冒牌鯨魚八成連冰屬性的抗性無效技能都有吧。

也就是冰屬性攻擊根本沒用的意思。

從吸血子剛才那一劍毫無效果看來，牠應該也有著相當高的斬擊抗性。

換句話說，對人偶蜘蛛與吸血子來說，牠都是個難纏的對手。

這麼一來，就只能把希望寄託在剩下的梅拉與鬼兄身上……

而他們兩人都有著實力不足的問題。

梅拉是這群人中最弱的一個。

不，他其實已經很努力了。

考慮到他本來只是個普通人類這點，光是能參加這場超次元戰鬥，就已經非常了不起了。

他真的超級努力。

但冒牌鯨魚可不是光靠努力就能戰勝的對手。

很遺憾，他並沒有能對冒牌鯨魚造成傷害的攻擊手段。

他本人似乎也明白這點，以治療魔法為主軸，專心支援其他人。

至於鬼兄，則擁有有效的攻擊手段。

就是那種會爆炸的炸裂劍。

只不過，面對冒牌鯨魚暴力的能力值，他還是顯得有些力有未逮。

畢竟他無法突破冒牌鯨魚噴出的寒氣。

總結來說，他們七人聯合起來，才勉強能跟對方打得不相上下。

這隻冒牌鯨魚還真是厲害。

不過，這也是沒辦法的事。

畢竟這隻冒牌鯨魚是沒人知道何時出現的古老魔物。

根據魔族的傳說，牠好像從很久以前就一直住在這個北方之地。

就連魔王都說不曉得牠何時出現了，可見牠應該活了非常久。

長生就等於強大。

只要看看魔王，就能清楚看出這個公式。

因為活得夠久，就能累積同樣多的經驗值。

更進一步來說，只要活得夠久，技能等級也會自然提升。

而且，雖然比不上魔之山脈，這個魔族領地的北方之地也極為寒冷。

對生物來說是難以存活的嚴苛環境。

一直存活在這種環境中的傢伙不可能不強。

魔族之間似乎還流傳著「一旦跑去北方之地，就會遇到休波什麼什麼的，所以絕對不准去！」的傳聞。

這表示冒牌鯨魚已經是個傳說了。

而吸血子等人正在跟那個傳說打架。

啊，吸血子改用酸屬性攻擊了。

讓人聯想到鮮血的紅水襲向冒牌鯨魚，融化了直到剛才完全沒受傷的皮膚。

「嚕喔喔喔喔喔喔喔喔喔喔喔喔喔喔喔喔喔喔喔喔喔喔喔喔喔喔喔喔喔喔喔！」

冒牌鯨魚發出至今最久也最大聲的咆哮。

看來這招似乎有效。

但冒牌鯨魚也不是只會挨打，牠用嘴巴撞向吸血子。

吸血子靈活地避開這一擊。

讓冒牌鯨魚只得親吻大地。

可是，牠並非傻傻地用頭去撞地面。

地面像豆腐一樣被冒牌鯨魚輕易削掉一塊，消失在牠的嘴巴裡。

然後，當冒牌鯨魚重新抬起頭，那些泥土就像土石流般從牠嘴巴裡噴了出來。

與其說是土石流，倒不如說是吐息攻擊才對。

目標當然是吸血子。

「嗚耶！」

「大小姐！」

吸血子悽慘地被土石淹沒。

不過，那種程度的攻擊殺不死她。

而且梅拉馬上就去救她了。

雖然我剛才說這傢伙不是蠕蟲，但牠果然是蠕蟲的親戚吧？

到底要經歷什麼樣的進化過程，才能變成這種不可思議的生物？

這實在很謎，但就算思考生命的神祕也無濟於事。

現在的問題是我們到底能不能擊敗這傢伙。

說到我們跑來跟這隻冒牌鯨魚戰鬥的理由，答案是為了回收能源。

其實除了這隻冒牌鯨魚之外，在各地號稱祕境的人類未踏足之地，都棲息著這種神話級魔物或是有著同等實力的魔物。

那些傢伙都跟這隻冒牌鯨魚一樣，活過漫長的歲月，變得強悍，直指人類無法對付的地步。

這個世界的魔物被設定成——會積極襲擊人類。

這是為了讓牠們被人類擊敗，或是反過來擊敗人類變得更強，不斷重複這個死了又殺，殺了又死的過程，藉此提供能源給系統。

可是，世上也存在著極少數像這隻冒牌鯨魚一樣，偶然得以一直存活，最後強得人類無法對付的魔物。

要是那種魔物積極襲擊人類，人類很快就會滅絕了。

所以，實力變強到一定程度的魔物，就被設定成會反過來積極遠離人類。

也就是那些神話級魔物。

不過，牠們只是被系統灌輸這種想法，其中應該也有無視這種想法，跑去襲擊人類的魔物。

而那些魔物都會被歷任勇者或魔王，或是那些被稱為英雄的人物在經歷死鬥後擊敗。

因為要是放著不管，就會變成攸關人類存亡的危機，所以他們當然會拚命去擊敗那些魔物。

不過，那些真正危險的傢伙，可能是被黑——也就是邱列邱列，或是現任魔王暗中處理掉的吧。

而那些神話級魔物因為累積了許多經驗值，只要殺掉就會變成大量能源。

在進行破壞系統的最後收尾工作之前，為了盡量多儲存些能源，我們決定狩獵神話級魔物。

而且還能順便幫吸血子等人練等。

其實如果由我來動手的話，能量的損耗也會更少。

因為名為經驗值的能源會流向吸血子等人，提升他們的等級。

不過，那種程度的能源損耗只能算是誤差。

為了迎接即將到來的最後決戰，還是提升同伴的戰力比較好。基於這樣的判斷，我才會把狩獵神話級魔物的任務交給他們。

不過，要是情況危急的話，我就會毫不留情地介入戰鬥，殺掉敵人。

不管對方是神話級魔物還是什麼，現在的我都能輕易戰勝。

畢竟有我在旁邊盯著，其實這根本就是場超級安全的練等旅行吧。

幸好目前還沒遇過需要我出手的場面。

除了這隻冒牌鯨魚以外，我們已經討伐好幾隻神話級魔物了。

準神話級魔物也擊敗了相當多隻。

我們這邊可是有著人偶蜘蛛四姊妹這些貨真價實的神話級魔物，準神話級魔物當然不是對手。

就實力來說，吸血子和鬼兄也已經有神話級的水準了。

至於梅拉就……嗯，他很努力地支援大家！

不是這樣的！梅拉並不弱！只是對手都太強了！

現在的梅拉有著平均大概五千左右的能力值。

五千已經比亞拉巴還要高了喔。

比那個亞拉巴更強的梅拉不可能是弱者吧！

只是敵人比他還要強大罷了……

神話級都是些強大到足以出現在神話中的可怕傢伙。

「號稱人類無法對付」絕對不是隨便說說而已。

就普通人類來說，梅拉已經算是強得離譜了。

只不過，就算他強得離譜，也還不到無法對付的程度。

畢竟在之前那場大戰中，梅拉就被逼得不得不撤退。

老實說，憑梅拉的實力還會被逼得撤退實在是太出人意料了。

即使在能力值上有著壓倒性差距，也能靠人數優勢與鬥志彌補。

沒錯，就跟我們正在討伐的冒牌鯨魚一樣。

冒牌鯨魚的皮膚被吸血子的酸融化，融化的部位又被人偶蜘蛛們毫不留情地灌入毒素，當牠的行動因此變得遲緩，鬼兄的炸裂劍應聲炸碎牠。

你們這些傢伙是鬼嗎！

……有三個真的是鬼。

剩下的四個是蜘蛛。

沒錯，她們其實是蜘蛛。

雖然人偶蜘蛛四姊妹的外表已經跟人類沒兩樣，很容易讓人忘記這件事，但她們其實都是蜘蛛。

既然是蜘蛛，那身上當然有毒。

雖然至今都沒出現能讓人偶蜘蛛四姊妹發揮全力戰鬥的對手，但就招數眾多的程度來說，她們在神話級魔物中也算是相當難纏的傢伙。

不但有蜘蛛絲與毒，還能用人偶的身體使用武器與格鬥術。

雖然能力值在神話級魔物中偏低，卻擁有足以完全彌補這個缺點的豐富戰鬥手段。

平均一萬左右的能力值還算是偏低，讓人感受到神話級魔物的可怕。

可是，那些可怕的神話級魔物現在也只不過是我們的獵物。

冒牌鯨魚的龐大軀體緩緩傾斜。

最後發出地鳴聲倒在地上。

「唉……好想洗澡……」

「您辛苦了。」

「辛苦了。」

吸血子全身都被濺滿砂土，也許是疲憊感蓋過了成就感，她一副快要累倒的樣子。

梅拉出言慰勞吸血子，鬼兄也一邊苦笑一邊說出同樣的話。

人偶蜘蛛四姊妹正在擊掌慶賀。

雖然冒牌鯨魚的能力值與抗性看似相當高，但只要能克服這點，說不定還算是容易對付的對手。

攻擊手段不是用那張嘴吞下東西，就是像某個粉紅星星惡魔一樣快速吐出吞下的東西。

要不就是從全身噴出寒氣，或是用龐大的身軀撞擊敵人。

牠的攻擊手段就只有這些。

相較於防禦力，牠的攻擊力其實不算什麼，所以還算好對付。

不過，這只限於在神話級魔物之中。照理來說，光是一隻這種傢伙，就足以輕易擊潰一支軍隊了。

我一邊細想這些事情，一邊走向倒在地上的冒牌鯨魚。

我是在稍遠的地方觀戰，所以離牠有段微妙的距離。

雖然只要用轉移就能瞬間抵達，但為了健康著想，偶爾還是得走點路！

「啊。」

吸血子注意到正在接近的我了。

然後，她交互看向冒牌鯨魚和我，再看了看自己的大劍。

啊，我有種不祥的預感。

「吶，能不能……」

「不行。」

正當吸血子發出撒嬌的聲音準備拜託我幫忙時，我早一步看穿她的意圖，二話不說拒絕。

「拜託啦。」

吸血子故作可愛地微微歪頭，向我如此央求。

這傢伙自從上了魔族學校，學會讓男人服侍自己後，就練就奇怪的特技了。

妳以為那種諂媚的技巧對我管用嗎！

「不行就是不行。」

「哼！」

就算妳擺出那種可愛的生氣表情，我也還是會說不行！

因為我真的沒辦法。

吸血子想拜託我的事情，八成是想看看能不能用這隻冒牌鯨魚身上的素材強化大劍。

吸血子持有的那把大劍是由芬里爾這隻神話級魔物的爪子打造而成，而且還融合了冰龍妮雅這隻神話級魔物的龍鱗。

拜此所賜，那把大劍不但無比鋒利，而且還超級耐用，甚至還具備了冰屬性，是把超強的武器。

冒牌鯨魚也是冰屬性，應該很適合那把大劍。

可是，我並沒有那種加工技術！

之前幫那把大劍加工的人也不是我，而是黑。

就算我們都是神，也不代表我就能做到這件事。

「蘇菲亞小姐，妳想把那種東西混合進去嗎？」

也許是看不慣吸血子耍脾氣的模樣，鬼兄站出來幫我說話。

鬼兄手指著冒牌鯨魚。那傢伙原本就有著難以言喻的外表，柔軟的皮膚現在又被酸融化，看起來變得更慘不忍睹了。

說實話，有點噁心。

「……」

看到那種慘狀，吸血子也陷入沉默。

她似乎打消了這個念頭，靜靜地從我身邊離開。

她好像也不想把那種噁心的東西混合進自己愛用的大劍。

從還沒想到後果就先行動這點看來，吸血子還是一樣做事不經大腦。

就是因為這樣，她才會在學校裡惹出那麼多麻煩。

算了，現在先不追究這個問題。

我把冒牌鯨魚的屍體轉移到異空間。

既然是神話級魔物的屍體，就算是失去靈魂的狀態，也保有相當多的能源。

靈魂會被系統回收，但身體依然會留下來。

如果不充分活用累積在牠們體內的能源，那就太浪費了。

被傳送到異空間內的冒牌鯨魚屍體將會被我的分體們吃掉。

藉此讓我的分體們吸收那些能源。

其實我希望也能把這些能源送進系統。

話雖如此，為了增強戰力，我也想為自己儲備一定程度的能源。

這是為了充分活用資源！

即使這具屍體看起來很噁心，但只要吃下去就能得到大量能源，是營養滿分的食材！

所以吸血子啊！拜託不要用那種嚇得半死的眼神看我！

用轉移把吸血子等人送回魔王城後，我來到一座人族要塞。

不，是前人族要塞才對。

這座歐昆要塞原本是人族管理的要塞，但在上次大戰中被魔族第二軍攻陷了。

嗯～正確來說其實不是第二軍，而是第二軍設計引來的猿猴大軍。

那種猿猴大軍也曾讓我在艾爾羅大迷宮裡嘗到苦頭。魔之山脈也棲息著同樣的猿猴，而第二軍的巨乳怪軍團長故意引來那些傢伙，讓牠們去攻打歐昆要塞。

畢竟那種猿猴有著只要殺掉其中一隻，就會接二連三不斷來襲的超難纏特性……當時似乎是猿猴的繁殖期剛結束，數量暴增的時期，所以歐昆要塞被猿猴大軍打下了。

拜此所賜，第二軍才能完好無缺地凱旋歸來。

只是有個問題。

那就是歐昆要塞被猿猴順勢占領了……

照理來說，趕走那些猿猴應該是第二軍的工作，但被巨乳怪巧妙地推掉了。

她好不容易才不費一兵一卒打下要塞，要是跟猿猴大軍交戰的話，肯定會出現不少傷亡。說不定傷亡會比跟人族交戰還要慘重。

畢竟對手可是擊敗人族的猿猴大軍。

幸好猿猴大軍只是占領了要塞，沒有造成魔族的傷亡，第二軍便以監視的名義順勢駐紮在要塞附近。

可是，巨乳怪顯然只是想躲在魔王看不到的地方罷了。

畢竟那位巨乳怪非常害怕魔王。

她該不會是打算利用監視猿猴的名義，一直躲在那裡不回去吧？

我不會讓她得逞的！

「這是魔王大人下達的命令書。」

菲米娜平靜地把命令書拿給巨乳怪。

「她要妳立刻回去。」

同時簡明扼要地說明命令書裡的內容。

巨乳怪默默接過命令書，皺著眉頭打開來看。

雖然裡面還寫著些客套話，但內容總結起來就跟菲米娜說的一樣，就只有叫她回去這個命令。

多餘的修飾語並不多，她一瞬間就看完了。

「可是我還要監視那座要塞……」

「這個任務將由我們第十軍接手。」

巨乳怪想拿監視任務作為藉口，卻被菲米娜一句話拒絕。

巨乳怪忿忿地瞪著菲米娜。

「在出發以前，我需要一點準備時間……」

「沙娜多莉大人。」

巨乳怪還想找藉口推辭，菲米娜冷冷地叫了她的名字。

「魔王大人的命令是叫妳立刻回去，違背命令會有什麼下場……妳應該明白吧？」

聽到這句話，巨乳怪臉色變得蒼白。

在那之後，她的行動十分迅速。

她很快便開始進行準備，當天就率軍撤退了。

正可謂是電光石火！

看來這位巨乳怪是個有才幹的將軍。

指揮能力出色，雖說用了點計謀，但還是不費一兵一卒就打下了敵人的要塞。

可是，她就是給人一種難以抹滅的卑微感。

想到她的行動如此迅速是因為畏懼魔王，就讓我更有這種感覺。

不過，魔王就在她要回去的地方等著。

總覺得她就是因為這點小聰明，才會把自己逼到最壞的狀況，讓人不禁想哭。

反正巨乳怪的處境如何與我無關就是了。

第二軍撤退後，我們總算不用在意別人的眼光，可以開始工作了。

「那麼，第十軍聽令，準備攻打歐昆要塞。」

菲米娜率領第十軍成員往歐昆要塞進軍。

雖然她告訴巨乳怪說要接下監視任務，但第十軍並不只打算在此監視。

我們的目的是殲滅那些猿猴。

在菲米娜的指揮之下，白衣人集團朝向要塞前進。

發現有人接近後，猿猴開始投擲石塊，卻無法擊中白衣人集團。

因為他們迅速避開了。

不過，就算被石塊擊中，他們應該也不會受到傷害。

因為那種白衣是用我的絲製成，並且由我精心縫製的特別防具！

其防禦力是有保證的。

我好歹是個軍團長。

身為統率一支軍團的人，我覺得自己有義務提供團員充分的裝備，便替他們弄來了最棒的裝備！

當然，不光是裝備，我還好好地鍛鍊過這些團員。

證據就是——抵達要塞的外牆旁後，團員們便輕易爬上了垂直的牆壁。

他們完全無視猿猴扔出的石塊，輕易入侵要塞內部，展開戰鬥。

不，與其說是戰鬥，倒不如說是單方面的蹂躪。

雖然這種猿猴確實很難纏，但那只是因為牠們數量眾多。

不管怎麼殺都會不斷聚集過來的數量優勢才是猿猴的看家本領。

可是，就算數量再怎麼多，也不會是無限。

就跟我過去在艾爾羅大迷宮裡擊退那些傢伙時一樣，只要把牠們全部殺光就行了。

經過與人族之間的戰爭，這座要塞裡的猿猴大軍已經減少了許多。

而且每隻猿猴的戰力都不強。

只要具備眼下這些條件，被我鍛鍊過的團員們就能輕易戰勝。

這支第十軍是由我擔任軍團長的軍隊。

幾年前，當魔王為了與人族展開大戰而擴軍時，這支軍隊就被硬塞給我了。

嗯，就是硬塞的。

因為我在魔王軍中沒有職位，第十軍也是空有其名，魔王覺得正好可以配在一起，就直接任命我當軍團長了。

雖然魔王軍的第一到第七軍是本來就存在，但第八軍以後都是空有其名，沒有實際功能的單位。

這是因為人口不足，導致人員無法補齊。

後來因為魔王的擴軍政策以及肅清叛軍帶來的結果，還有軍隊內部的結構改革等等變化，才讓魔王決定把第八軍以後的軍團也組織起來。

而鬼兄接下了第八軍軍團長這個職位，軍團成員則來自犯罪領主的私人軍隊等等。

簡單來說，就是些被降級為奴隸的士兵。

那是支以被當成棄子為前提的敢死隊，而鬼兄也明白這點，在大戰中毫不猶豫地用炸裂劍把敵軍連同我軍一起炸死。

至於第九軍則跟第八軍完全不同，那些士兵應該算是陪襯吧。

畢竟第九軍的軍團長是邱列邱列，也就是黑。

為了監視並支援魔王與我的行動，他表面上作為第九軍軍團長，鎮守在魔族領地。

而第九軍的成員則是人化後的龍與竜。

也就是黑的眷屬們。

雖然這個特殊的軍團號稱是魔王軍，實際上卻並非魔王的部下。

所以在那場大戰中，只有第九軍沒有參戰。

因為剩下的第十軍還缺人，沒有職位的我就被派去當軍團長了。

只不過，到了成立第十軍的時候，人員也差不多都分配完畢了……

來到第十軍的傢伙就只有剛從學校畢業的菜鳥，或是在其他軍團待不下去的問題人物。

換句話說，沒有半個正常的人才。

因為已經有個專門收集棄子的第八軍了，所以第十軍都是些連那裡都進不去的傢伙。

不過，他們每個人的經歷都很有趣。

擔任副軍團長的菲米娜就是最好的例子。

她的半生可說是充滿顛簸，說著說著都會忍不住落淚。

而且主要是吸血子害的！

菲米娜原本是出身非常高貴的大小姐。

她還跟同樣出身高貴的大少爺訂下婚約，是完全的貴族出身。

出於這樣的出身，為了讓她將來能夠擔任魔族的領導階級，她從小就受到嚴格的教育。

她原本就很優秀，在進到學校就讀以前，她的人生似乎一帆風順。

但也只限於進到學校就讀以前！

她開始上學後，遇到了一個來歷不明的奇怪女孩。

沒錯，那女孩就是吸血子。

吸血子完全無視貴族的規矩，就跟個野孩子一樣，在各種意義上把學校搞得一團亂。

雖然吸血子姑且也算是出身高貴的大小姐，但因為老家已經在物理的意義上消失了，所以她從嬰兒時期就踏上了流浪之旅⋯⋯

不管怎麼樣，反正人族貴族與魔族貴族的規矩本來就不一樣，比較也沒有意義。

魔族很重視戰鬥能力。

而吸血子早在旅行期間就把能力值與技能都練得超強，這似乎打擊到了那些魔族大少爺與大小姐的自尊心。

如果只有這樣的話，那還不算太糟糕。

你說打擊到少年少女的自尊心是很嚴重的事情？

那種程度的打擊根本不算什麼。

如果無法從那種打擊中振作起來，那他們遲早會被其他挫折擊敗。

而且比起後來發生的騷動，那真的只能算是小事。

至於吸血子到底幹了什麼好事，那就是她到處魅惑男生，把他們迷得神魂顛倒，最後甚至還隨便亂吸血。

……她竟然做出這種可怕的事情。

不，以一個吸血鬼來說，那或許是非常合理的行為。

吸血鬼到了青春期以後，想要吸血的慾望似乎就會變強。

對吸血鬼來說，吸血不但是進食行為，同時也是一種增加同伴的行為。

換句話說……

那就類似於某種以「S」為開頭的下流行為，而青春期正好是會開始對那種事情感興趣的時期。

也就是那麼一回事啦！

照理來說，吸血子應該有辦法自制才對，但她似乎累積了不少壓力，才會管不住自己。

據說她魅惑了那些男生，有如女帝般君臨整間學校。

而當時挺身對抗她的人就是菲米娜。

因為菲米娜的未婚夫瓦魯多也被吸血子迷倒，而且要是放任這種情況不管，魔族未來的領導階級將會毀滅，這讓她決定動手排除吸血子。

結果她失敗了。

以瓦魯多為中心，被吸血子魅惑的男生們聯合了起來。

他們利用父母與家族的權力，全力對菲米娜的老家施加壓力，反過來把菲米娜逐出家門了。

順帶一提，雖然菲米娜的老家在魔族中有著相當高的地位，但因為被迫跟好幾個與瓦魯多老家同等級，或是差不多等級的家族為敵，才不得不把菲米娜逐出家門。

而且這個菲米娜包圍網，還是因為吸血子是魔王身邊的人才得以成立。

就是因為不曉得要是吸血子出了事情，魔王會做出什麼樣的報復行動，那些沒有受到魅惑，有著正常判斷力的大人，才會決定把菲米娜排除掉。

我家吸血子好像給人添了不少麻煩……

因為我家吸血子的緣故，菲米娜才會被逐出家門。

要是放著她不管，總讓人有點良心不安。

說巧不巧，由我接手指揮的第十軍，其前任軍團長就是菲米娜的父親，我於是便決定把菲米娜安置在第十軍了。

菲米娜的父親雖然是個帥哥，卻有著不幸的面相。看到他向我低下頭，拜託我好好照顧他女兒的模樣，我也只能答應這個要求。

總覺得魔族的高層好像都是些苦命的傢伙。

而主要原因就是魔王！

……我身邊的人真的給大家添了不少麻煩。

這一連串事件的結果，就是菲米娜成了最先加入第十軍的人。

在那之後，還有許多跟菲米娜一樣的問題人物加入軍團，讓第十軍開始稍具雛形。

而既然都是問題人物，就表示他們都是些盡惹麻煩的人。

你覺得在這種時候該怎麼對付他們比較省事？

答案就是用武力逼他們就範。

在這種時候，如何起頭是很重要的。

只要讓他們從本能上理解我遠遠強過他們這個事實，之後他們基本上都會乖乖聽話。

你說什麼？我讓部下聽話的方法太野蠻了？

管部下又不是在訓練動物？

反正人類從廣義上來說也算是野生動物，所以我的做法沒有不對！

你說要是我說這種話，就會換成動保團體跑來抗議？

這我明白。

但這裡可是異世界！

根本沒有動保團體那種東西！

要是有那種團體的話，就保護好剛來到這裡時的我啊！混帳東西！

……話題扯遠了。

總之，我用武力讓團員們乖乖聽話後，卻又發現了幾個問題。

第一，人數太少。第二，實力太弱。第三，沒有裝備。

第一個問題只能說是無可奈何。

畢竟第十軍原本就是問題人物中的問題人物聚集的集團。

人數不多也很正常。

可是，第二和第三是很嚴重的問題。

不過，實力太弱這點是以我為基準判斷，不代表他們是特別弱的魔族士兵。

但我前面已經說過，第十軍的人數並不多。

為了彌補人數不多這個缺點，必須提高單一個體的水準。

不是重量不重質，而是要重質不重量。

因為人數不多，我別無選擇。

而且第十軍是最後編組的軍團，人數又不多，所以拿不到像是裝備之類的軍用物資。

軍用物資都優先分配給其他軍團了，不會留給第十軍。

結果我們只能跟某款遊戲裡的勇者一樣，用布製衣服和檜木棒這種寒酸的初期裝備上戰場。

為了彌補這種裝備上的弱點，就必須提升本人的實力。

沒錯，結果還是只能鍛鍊了！

於是，我鍛鍊了他們。

具體做法就是讓他們跟吸血子等人一樣，去驅除各地的魔物，順便回收能源。

當然，我可沒有派他們去對付神話級魔物那種可怕的傢伙。

我有讓他們按照順序，從弱小的魔物開始對付。

確認過團員們的實力後，我會調整難度至讓他們剛剛好死不了的程度。

我會用轉移把他們所有人都丟進一群魔物之中，等到戰鬥結束以後，再用轉移帶他們回來休息。

只要運用我的轉移，不光是魔族領地，就連人族領地都能抵達。

即使是魔族與人族平時都不太會踏足的魔物地盤，只要運用轉移就能來去自如。

因此只要時間允許，我就會努力進行軍團宅配服務，不斷地把團員們丟進一群魔物之中然後回收，藉此提升他們的等級。

拜此所賜，團員們大幅提升等級，練就一定的實力。

等到他們具備某種程度的基礎實力後，就改讓他們進行我想到的訓練。

雖然我是讓吸血子先做訓練再提升等級，但那是因為時間充裕。

其實先做訓練再提升等級的效率會比較好，但我沒有那麼多時間。

如果要在有限的時間內用最快的速度讓團員們變強，就只能盡快提升他們的等級，先讓他們具備足以跟上訓練的能力值。

因為要是能力值太低的話，就會死於我想到的訓練之中。

你說什麼？會出人命的訓練不能算是訓練？

我不就是為了不出人命，才先把他們丟進一群魔物之中鍛鍊實力嗎？

你說什麼？世人把「一群魔物之中」稱作死地？

……常識這種東西就是用來捨棄的！

就算團員們都變得雙眼無神，只要他們能活著提升等級回來，不就什麼問題都沒有了嗎！

至於我好幾次都沒調整好難度而差點鬧出人命的事情，就是不能說的祕密了。

別在意這種小事。

多虧了我的失誤，才讓他們有機會練習怎麼逃離打不贏的對手，躲過敵人的眼睛啊！

而這就是我讓他們不停鍛鍊的成果。

要塞裡的猿猴大軍轉眼間就被殺光了。

好耶！拍手拍手！

「報告，任務完成了。」

聽到菲米娜如此報告後，我點了點頭。

不錯。我很滿意這樣的成果。

哇哈哈！我們第十軍可說是已經成長為出色的軍團了！

順帶一提，關於裝備不足的問題，我靠著自己的力量解決了。

我剛才也說過，他們身上的白衣是我用自己的絲努力織成的。

而武器的部分，則是我勉強鬼兄幫忙打造的。

鬼兄的專屬技能可是魔劍製造技能啊。

拜此所賜，在裝備這方面，第十軍也勝過其他軍團。

不過，有別於其他軍團，第十軍的活動內容絕大多數都是訓練，其他時間也大多都耗費在我個人的目的上，所以他們很少在公開場合露面。

因為這個緣故，其他軍團似乎以為我們是支從事幕後工作的諜報部隊。

嗯……雖然我確實有派他們去做類似的事情就是了。

主要是跟妖精有關的任務。

他們要搜索躲在魔族領地裡的妖精，一旦發現就加以排除。

關於這個任務，在那場大戰之前就已經透過上校，也就是已經亡故的第一軍軍團長亞格納完成不少進度，所以第十軍需要做的事情並不多。

因此，我們不小心連人族領地的妖精都跑去獵殺了。

反正就算讓妖精活命，也是有百害而無一利。

我使用轉移讓團員潛入人族領地，發揮其能力躲藏起來收集情報，然後暗殺找到的妖精。

這便是第十軍曾經暗中進行的任務。

也許是因為有這方面的才能，菲米娜練就出了無聲無息靠近目標背後加以暗殺的本事。

畢竟菲米娜可說是新生第十軍的創團元老。

所以她一直都在接受我的鍛鍊。

老實說，她的實力八成比巨乳怪等人還要強。

正面對決她能打贏，如果不限制規則，她只要趁對方睡覺時去暗殺，就能完全勝利。

刺客系前大小姐……

我覺得可以！

菲米娜還能代替我指揮部隊、處理文書工作，或是代替不善言辭的我對外交涉。

她不愧是位前大小姐，接受過嚴格的教育，各種事情都難不倒她。

她已經是第十軍不可或缺的存在了！

因為這個緣故，大家都同意由菲米娜來擔任第十軍的副軍團長。

啊，我記得就只有吸血子堅決反對。

不過，我叫她跪下，堵住了她的嘴巴。

因為害得菲米娜被逐出家門，我對吸血子下了詛咒作為懲罰。

那是只要我說出「坐下」這兩個字，她就會立刻跪下的詛咒。

多虧有這個詛咒，就算吸血子做錯事情，我也能立刻懲罰她。

所幸看到吸血子每次做錯事情都得下跪的模樣，菲米娜似乎也多少消了點氣。

第十軍的團員們都知道吸血子對菲米娜做過的事情。

所以，大家都用冰冷的眼神看吸血子。

而吸血子這個人並不會因為那種眼神而感到挫折。不，她甚至根本不以為意。

她的神經就是這麼大條。

經常對此感到胃痛的人，反倒是菲米娜的前未婚夫瓦魯多。

他是在學校裡被吸血子魅惑，陷害菲米娜的主謀。

事件是起因於他被吸血子魅惑，所以怪不得他，他其實也是受害者之一。

可是事情沒有這麼簡單。

即使魅惑解除，瓦魯多依然愛慕著吸血子，跟隨吸血子加入第十軍，而且還請吸血子把他變成吸血鬼。

他變成了吸血子的狂粉。

第十軍的團員們當然不可能給這樣的瓦魯多好臉色看……

而且因為被他逐出家門的前未婚妻菲米娜又是副軍團長，也就是他的上司……

那種工作環境的氣氛想也知道很糟糕。

瓦魯多每天都鐵青著臉。

啊，不過，他臉色之所以難看，也可能是因為變成吸血鬼的緣故。

我一邊想著這些事情，一邊回收散落在要塞裡的猿猴屍體。

這種猿猴無法當成魔族的食物。

既然如此，那就只能讓我回收吃掉了。

實際上要吃的是我的分體就是了。

我把猿猴的屍體逐一扔進分體居住的異空間，順便打掃要塞。

話雖如此，就算打掃乾淨，這座要塞也沒要使用了。

由於第十軍人數不多，就算占領這座要塞，也無法加以維持、管理。

所以，我們決定之後要放棄這座要塞。

與其不必要地把人員綁在這裡，倒不如乾脆放棄這座要塞，把人員用在其他地方，這要來得有意義多了。

反正人族也不可能跑來搶回這座要塞。

我為什麼敢說得這麼篤定？

因為一切都是我安排的結果。

呵呵呵……

難不成你以為我這幾年都在鬼混嗎？

實不相瞞，其實我就是暗中操控魔王軍，甚至是人族世局的幕後黑手啊！

啊……啊……啊……這是回音。

那真的是件苦差事呢。

我用轉移到處東奔西跑。

還暗中做了許多事情。

而我努力的成果之一，就是那場人魔大戰。

為了達成那個目標，我費盡千辛萬苦。

辛苦到連我都想對自己說聲「辛苦妳了」！

……而且我還得繼續辛苦下去。

猿猴屍體大致回收完畢後，我便率領第十軍回到魔王城。

第十軍今後還得去執行各種檯面下的任務。

不能讓奪回被猿猴占據的要塞這種小事耗費掉他們太多時間。

雖然那場大戰確實是個重大事件，但考慮到我跟魔王的最終目的，那也只不過是個中繼站罷了。

我必須省下不必要的時間。

這都是為了達成拯救世界免於崩壞這個目的。

為了達成那個目的，我要派第十軍去進行一項機密重要任務。

那就是從內部搞垮亞納雷德王國，也就是山田同學跟他哥哥——勇者尤利烏斯的故鄉。

# 2 對付勇者的工作

亞納雷德王國——

那是個位在達斯特魯提亞大陸，而非魔族領地所在的卡薩納喀拉大陸的國家。

從「王國」這兩個字便可得知那是個王政國家。

只是其王權並不是很強大，感覺比較像由以國王為頂點的貴族們掌權。

不過，王國本身的政治形態其實並不是重點。

這個王國有兩項重要之處——

有間聚集了世界各國孩童的學校，而且國家本身很和平。

正確來說，就是因為那裡很和平，所以才會有學校。

達斯特魯提亞大陸上沒有魔族國家。

因此沒有機會與魔族交戰，而且神言教的大本營——聖亞雷烏斯教國也在那裡，把各國團結在一起。

國家之間沒有重大紛爭，棲息著凶惡魔物的地區也不多。

其中的亞納雷德王國又有著穩定的氣候，土地也肥沃，地理條件可說是得天獨厚。

老實說，只要領導者不要太過無能，就算隨便治理也能替國庫賺進一大筆錢。

也難怪會變成一個大國。

根本是個外掛國家。

正因為是個超級平穩的國家，才有餘力能創辦學校，培育後進。

那所學校原本只是個培育國內貴族子弟的地方，卻在不知不覺間擴大，聚集了來自全世界的學生。

光從學校規模自然擴大這樣的現象來看，就能得知亞納雷德王國到底有多富裕。

卡薩納喀拉大陸各國的學生也會跑去那裡就讀，這或許也存在著讓孩子遠離戰地的用意吧。

畢竟卡薩納喀拉大陸是正在與魔族交戰的戰地。

就是因為那間學校很安全，大家才能放心地把孩子交給學校。

而且，由於各國貴族的孩子……有時甚至連王族的孩子都會前去留學，亞納雷德王國得以跟那些國家建立起強大的人脈。

這種跨國的人脈圈會在學校裡逐漸建立。

這麼一來，要是不把孩子送進那間學校，就會被排除在那個圈子之外。

讓孩子就讀亞納雷德王國的學校變成一種地位象徵，也逐漸變成上流階級的習慣。

於是這個人脈圈越來越大。

對亞納雷德王國來說，這完全是個正向循環。

事情發展到這種地步，就算說亞納雷德王國的影響力僅次於神言教也不為過。

甚至還威脅到了神言教的地位。

不過，神言教並沒有動手排除，而是積極地拉攏亞納雷德王國。

神言教一直在亞納雷德王國裡傳教。

而只要在亞納雷德王國裡傳教，去那裡留學的孩子們也會自然接觸到神言教。

那位教皇不愧是長久以來一直統率著人族的人。

這種不知不覺中慢慢洗腦別人的作風實在可怕……

不過，雖然亞納雷德王國一直受人利用，其存在感卻十分巨大。

甚至不亞於直接與魔族對抗的連克山杜帝國。

如果說連克山杜帝國是保護人族免於魔族威脅的要塞，那亞納雷德王國便可說是遠離最前線的後方安全地帶。

一個只要沒有太大的意外就絕對不會被撼動，能夠讓人在危急時前去避難的安全地帶。

正因為如此，只要撼動這個國家，就能讓周邊各國受到極大的打擊。

沒錯，我們就是為了達成這個目的，才會在亞納雷德王國暗中活動！

……其實這只是表面上的藉口。

老實說，不管亞納雷德王國在人族之中的影響力有多大，對我來說都不重要。

我對亞納雷德王國出手的理由就只有一個。

因為山田同學是那個國家的人。

想到這件事……我就……我就不爽！

那到底是怎麼回事！

啊——！太可惡了！

啊——！嗚——！啊——！

呼……

總覺得有種想亂吼亂叫的衝動。

這一切都是因為我的計畫出了許多差錯。

感覺就像是明明前面都很順利地做著準備，卻有一大堆地雷在不知不覺間埋下了。

而那些地雷都集中在山田同學身上。

山田同學今世的名字是修雷因．薩剛．亞納雷德。

轉生者們都叫他俊。

他是亞納雷德王國的第四王子。

也是前任勇者尤利烏斯的同母弟弟。

大國的王子？勇者的弟弟？

光是這樣就給人一種設定過多的感覺了，他竟然又得到一個特大號的新設定。

沒想到他居然成了勇者……

你能體會當我透過分體得知這件事時的心情嗎？
為了排除掉勇者，我明明費了那麼多心力！
結果下一任勇者偏偏是個轉生者！
而且還是跟前任勇者淵源深厚的山田同學！
這種心情就像是有人胡了大牌！而我是放槍的那個！
出人意料也該有個限度吧！
我必須趕緊修改計畫才行！
首要前提是，我們的目的是拯救這個世界免於崩壞。
這個世界會在不久的將來崩壞。
這是無可避免的事實。
要是就這樣袖手旁觀的話，那樣的未來肯定會到來。
為了防止這件事發生，我們要摧毀可說是這個世界的生命維持裝置的系統！
千萬別以為這樣只會提早我們的死期。
雖然系統延續著這個世界的生命，但同時也蘊含著驚人的能源。
這個世界崩壞的原因正是缺乏能源。
我們的計畫便是要用系統來補足缺少的能源。
這就像是把用在生命維持裝置上的電力拿去電擊患者的心臟，讓患者重新活過來一樣。

雖然是相當危險的賭注，但在理論上應該是行得通的。

不，既然系統的設計者是那個壞心眼邪神Ｄ，那她就一定會準備這樣的密技。

而我實際調查以後，還真的找到了這樣的密技……

因為這個緣故，我們才會毅然執行這個系統破壞計畫，但有幾個必須先達成的條件。

我剛才也說過，這個系統破壞計畫是相當危險的賭注。

萬一失敗，失去生命維持裝置的這個世界轉眼就會崩壞。

正因為如此，為了避免有個萬一，我們必須先做好萬全的準備。

我們這幾年所做的一切，可說都是這個計畫的準備工作。

真要說的話，就連那場人魔大戰也是其中一環。

那場人魔大戰的目的有兩個。

一個是確保能源。

我們目前的能源並不夠用。

破壞系統也需要用到能源。

為了確保那些能源，需要製造大量的死者。

因為所謂的系統就是讓人類在活著時鍛鍊能力值與技能，並且在他們死亡時將那些當成能源加以回收的機構。

然後，由於那場大戰製造了大量的死者，讓我們姑且算是確保了最低限度的必要能源。

但也只滿足了最低限度的要求。考慮到萬一發生意外狀況時需要的備用的量，我還想要確保更多能源。

因為眾多魔族與人族尊貴的犧牲，讓我們成功確保了能源。

雖然對不起那些被變成能源的人，但這也是為了防止世界崩壞。

為了拯救多數，就只能犧牲少數。

雖然犧牲的少數人多得可怕，但也只能裝作沒看見了。

情況就是如此危急，如果不付出這麼大的犧牲，這個世界就無法維持。

然後……

在這些尊貴的犧牲之中，最重要的人物便是勇者。

那正是我們的第二個重要目的。

也就是殺掉勇者！

所謂的勇者，就是一種外掛。

而且是受到系統保障的官方外掛……

雖然光是擁有勇者這個稱號就能得到許多特殊待遇，但其中最危險的是「魔王剋星」這項能力。

魔王是從魔族之中選出來的，而魔族不但擁有強過人族的能力值，還有著更長的壽命。

而這會讓人族在對決經驗豐富的魔王時毫無勝算。

為了彌補這個差距，勇者被設定為魔王的剋星。

不管魔王有多麼強大，勇者都能發揮出不輸給那位魔王的戰鬥力。

……透過接受系統的支援。

……並且耗費掉所需的能源。

問題來了，現任的魔王是誰？

大家都知道，現任魔王是我們的原初蜘蛛怪愛麗兒小姐！

她的平均能力值高達九萬，強到讓人懷疑是不是系統出了問題的地步，可說是全世界最強的人之一！

如果讓這樣的魔王跟勇者打起來，各位覺得會發生什麼事？

要是勇者為了對抗魔王而接受系統的支援提升戰力，想也知道會耗費掉非常驚人的能源。

雖然當然也有不能讓魔王被殺掉的理由在，但讓勇者與魔王打起來是絕對要避免的事情。

而且勇者還有專用裝備。

那副武器名叫勇者劍。

這名字太過直白，讓人聽了就想笑，但其能力十分可怕。

雖然據說只能使用一次，卻能使出連神都能殺掉的一擊。

……要是挨了那一擊，就算是我八成也得死吧。

畢竟製作者可是那個D。

雖然這只是我胡亂預測的，但我總覺得那把劍也是一項密技，也就是可以用那把劍殺掉邱列邱列來確保能源。

就跟我們要破壞系統是一樣的道理……

至於其他用途，大概就是有外來的神跑到這個世界時可以拿來用吧。

畢竟要是有人用了那把勇者劍來對付我，連我都得死。

那把劍光是存在就是一種危險！

而我們的目的就是要處理掉那種危險物品。

如果順利的話，就能白白浪費掉勇者劍的使用次數！

可是，如果只是把勇者殺掉，也只會讓下一任勇者誕生！

因此，我還試著入侵系統，想要把勇者這種東西直接刪掉！

也就是把系統中關於勇者的設定刪掉。

為此，我必須先殺掉勇者尤利烏斯，然後在勇者這個稱號轉移給下一任勇者之前入侵系統。

雖然這個時間點很難掌握，但我已經做好事前準備，所以計畫進行得很順利。

……原本應該是這樣才對。

單就結果來說，這次的嘗試並沒有成功。

虧我還做了那麼多準備……

我做出一隻跟老媽很像的女王蜘蛛怪分體，讓牠去對付勇者，原本以為勇者不用勇者劍就打不贏，結果勇者沒用勇者劍就打贏了……

結果逼得我不得不親自出馬……

勇者的專殺魔王外掛說不定對我也管用，我原本是希望能讓他自然死在其他人手上。

現在回想起來，他當時之所以能擊敗女王分體，說不定就是因為那種外掛發動了。

跟勇者一行人交戰的上校和小混混也戰死了。

我原本是打算找個適當的時間點回收他們，卻見識到他們展現男子氣概的一面，結果只能放棄。

……我們成功殺掉了勇者，但計畫本身其實是失敗的。

而且還是大失敗。

情況已經大幅偏離原本的計畫，簡直就是超級大失敗！

……唉。

算了，計畫會出錯也是沒辦法的事。

既然要讓勇者尤利烏斯為了我們的計畫而死，那他當然會反抗。

勇者尤利烏斯並不曉得這些內情，只不過是以勇者的身分光明正大地戰鬥罷了。

沒錯，他光明正大地戰鬥，摧毀了我們的所有陰謀。

我太小看所謂勇者了。

我自認已經很小心提防他了。

就是因為提防著他，我才會做那麼多準備，制定出勇者抹殺計畫。

可是，我提防的是受到系統保障，名為「勇者」的存在。

而不是尤利烏斯這個人。

這是個天大的錯誤。

我徹底體認到，真正應該提防的是那個被選為勇者的人。

勇者之所以是勇者，是因為他具備成為勇者的資格。

這就表示那位普通的人類是個有資格施展名為勇者的奇蹟之力的人物。

不是因為擁有外掛級力量而強悍，而是因為夠資格擁有外掛級力量而強悍。

信念、覺悟、榮譽感……

這種心靈上的強大才是我真正需要警戒的，勇者真正的力量。

而誤判這點的我會失敗，就某種意義上來說也是理所當然的結果。

所以我只能把這一切當成自己需要反省的部分，接受這個結果。

可是，關於之後發生的事情，我就忍不住要抱怨一下了！

為什麼……為什麼下一任勇者會是山田同學啊！

說實話，絕大多數的人類就算當上勇者，也對我毫無影響。

因為主要的出色人物都參加了那場大戰，而且超過一半都戰死了。

剩下那一半都是些遠比勇者尤利烏斯遜色的傢伙。

如果是因為前途無量而沒被送去參加大戰的年輕人，甚至是幼小孩童被任命為勇者的話，對我們就更有利了。

因為當我們計畫告捷時，那位年輕的勇者還來不及成長茁壯。

雖說勇者是官方外掛，但也不是完全無敵。在我擊敗勇者尤利烏斯之後，這件事便得到了證明。

就算對我方不利的傢伙當上了勇者，大不了讓我去隨手解決掉就行。

我原本是這麼想的！

結果卻遇上最糟糕的情況。

新勇者偏偏是我不好出手對付的轉生者，而且還是戰鬥能力偏高的山田同學。

先不管戰鬥能力的問題。

考慮到我方陣營的戰鬥能力，不管誰當上勇者都沒有太大的差別。

轉生者之中最強的傢伙，八成是田川同學或櫛谷同學。

接著才是山田同學。

田川同學與櫛谷同學以冒險者的身分轉戰各地，累積了許多經驗。

就算他們兩個聯手也無法擊敗梅拉一個人。

連梅拉都沒辦法擊敗啊……

呵呵呵，那傢伙可是我們之中最弱的一個呢……

居然連他都打不贏，真是丟轉生者的臉啊……

雖然我只是想玩看看這種四天王的哏，但梅拉也確實是我們之中最弱的一個。

如果他們兩人聯手都打不贏梅拉，那在戰鬥能力這個層面上就不需要提防了。

至於當上勇者的山田同學，雖然可能會因為變成勇者而在能力值上超越田川同學與櫛谷同學，但就純粹的戰鬥能力來說，應該只跟實戰經驗豐富的田川同學與櫛谷同學勢均力敵吧。

所以戰鬥能力並不是重點，應該提防的是其他地方。

首先，山田同學是位轉生者。

因為這個緣故，我很難對他下手。

雖然我個人並不在乎他的死活，但老師一直很努力地想要幫助轉生者。

老師是我的恩人。

雖然那是前世的事情，但她對我有救命之恩。

我想報答這份恩情。

所以，我想盡量尊重老師的意願。

因此，我也會盡量幫助轉生者。

這讓我不知道該不該直接把他殺掉。

其次，山田同學是勇者尤利烏斯的弟弟。

勇者尤利烏斯有著非常巨大的影響力。

光是他身為勇者尤利烏斯的弟弟，就可以想見會有許多人出手幫助他。

而山田同學本人也很想繼承勇者尤利烏斯的遺志。

他充滿鬥志，想要替勇者尤利烏斯報仇。

既然他本人如此充滿幹勁，那就必定會來阻礙我們的行動。

畢竟我們可是魔族軍。

而且我就是殺死勇者尤利烏斯的人……

最後，還有一件最令我難以判斷也最煩惱的事情，那就是山田同學擁有的專屬技能。

根據我透過分體進行諜報活動偷聽到的結果，山田同學的專屬技能似乎是名叫「天之加護」的技能。

其效果好像是能讓持有者容易獲取自己想要的結果……

這個技能的效果還真是抽象。

該怎麼說呢……聽起來就是個類似碰運氣的技能。

雖然大多數技能都有著固定的數值，效果也都顯而易見，但這個技能正好相反，讓人完全搞不清楚有多少效果。

就算當事人得到想要的結果，也看不出到底是純粹靠自己的實力，還是因為運氣好，又或者是因為天之加護這個技能的效果。

可是，就是這種技能最讓我不得不提防。

那個D送給轉生者的專屬技能不太可能只有那種微妙的效果。

雖然平時可能會很不起眼，只有讓運氣稍微變好的效果，但我覺得那個技能必定會在最重要的關鍵時刻，讓持有者做出絕對不會錯的選擇。

只不過，那只會造福持有者本人。

換句話說，那個技能也可能會為山田同學的敵人帶來最壞的結果。

而那個敵人八成就是我們……

在最糟糕的情況下，山田同學做出自認正確的選擇，可能害得我們無法達成拯救世界免於崩壞這個目的。

正因為效果不清不楚，才讓人無從得知天之加護這個技能會對被稱作命運的那東西造成多大的影響。

這點實在讓人很難應付。

因為這些原因，我正在設法讓山田同學暫時退場。

哎呀，我當然不是要做出讓他從這個世界退場這種驚悚的事。

我只是要讓他物理上遠離事件的中心地帶，讓他無法干涉整個事件。

畢竟我都成功殺掉勇者尤利烏斯了，山田同學的天之加護肯定也絕非萬能。

如果那是個萬能的技能，山田同學敬愛的勇者尤利烏斯就不會死了。

我猜只要是在他本人不知道的地方發生的事情，天之加護應該就無法加以干涉。

因此，我要把亞納雷德王國搞垮。

你說什麼？這樣就已經很驚悚了？

別在意那種小事啦。

事情就是這樣，讓我們開始亞納雷德王國淪陷篇吧！

# 血1　擔任幕後黑手行動的工作

「呵呵呵，就快了。我終於能對那些傢伙來個出其不意了！」

唉……唉……唉……

這傢伙居然得意忘形了……

「喂，蘇菲亞！別拖拖拉拉的！我們走吧！」

「知道了啦。」

愣在原地的我讓穿著全身鎧甲的男子相當氣憤，破口大喊。

換作平常的我，聽到這種話早就發飆了，但想到這傢伙可悲的程度，我的怒火就消退了。

在我面前大搖大擺地前進的這名男子，名叫由古·邦恩·連克山杜。

他是連克山杜帝國的王子，也是隸屬於亞納雷德王國那間學校的留學生。

話雖如此，但他幾乎沒去學校上課。

據說他在五年前左右惹出麻煩，受到了停學的處分。

至於他惹出了什麼麻煩，因為不感興趣，所以我沒問。不過，從這傢伙的樣子看來，他應該是對他口中的「那些傢伙」做了什麼，結果反而被對方修理了一頓吧。

換句話說，在他口中的「那些傢伙」之中，應該也包含我們等一下要對付的目標，也就是這個國家的王子修雷因。

唉……唉……

我到底在這種地方做什麼？

這就叫做暗中行動對吧？

我實在不擅長做這種事。

還是直截了當地正面對決比較符合我的作風。

可是，我也只能把這當成是無法避免的任務了。

我被分配到的工作，就是協助這個名叫由古的傢伙。

雖然這傢伙也是轉生者，但因為他正好對我們的目標懷恨在心，主人才會選上他，把他收為棋子加以利用。

……想到這裡，我就真心覺得他很可悲。

我至今依然能清楚想起他被變成棋子時的事情。

「可惡！我不會就這樣認輸的！這個世界是我的！這是只為我存在的世界！我不會認同這樣的結局！絕不認同！在得到一切之前，我絕對不會放棄！」

「那個可恨的妖精！我絕對要報仇！不可原諒……我絕對不會原諒她！」

「我總有一天會奪走那傢伙的一切！就像我被奪走了一切一樣！」

「給我等著瞧！我要摧毀那傢伙珍視的一切！還要邊笑邊侵犯那個大聲哭喊的臭婆娘！」

「給我等著瞧吧！我會奪回這個世界！」

由古就像這樣大吼大叫。

「需要我幫忙嗎？」

因為他遲遲沒有注意到我，我忍不住向他搭了話。

「誰！」

由古大吃一驚，回頭看了過來。

我是用主人的轉移直接來到由古的房間，所以他以為我是突然出現在他背後的。

會被嚇到也很正常。

現在正是讓驚慌失措的由古明白誰是老大的好機會。

「憑大家都是轉生者的交情，我可以助你一臂之力喔。」

我從容不迫地露出意味深長的微笑。

「……妳說什麼？轉生者？」

由古皺起眉頭。

這也很正常，畢竟這傢伙應該沒有笨到會馬上投靠我這個突然跑出來的可疑人物……

「……算了。不管是誰都無所謂，只要能幫我向那些傢伙報仇，不管妳是惡魔還是什麼的都行！」

啊，看來這傢伙是個笨蛋。

「沒問題，我接受妳的提議！」

「妳聽到了嗎，主人？」

「什麼？」

一道白色人影迅速飄到由古身後。

那道人影用右手從背後摀住由古的嘴巴，讓他無法發出慘叫。

由古動彈不得後，她又用空著的左手輕輕搭上他的頭部側面。

然後，一隻指尖大小的小蜘蛛沿著她的手爬到由古耳朵裡……

下一瞬間，由古的身體抽動了一下。

而且還翻了白眼，整個人昏死過去。

這就是當時發生的可怕事情……

眼前這位昂首闊步的男人腦袋裡面，依然躲著那隻小蜘蛛……

雖然由古好像不記得那一天發生的事情，但在那之後就變得莫名聽話。

看來那隻蜘蛛果然是用來洗腦的……

說不定我的腦袋裡也有一隻……？

我使勁搖頭，甩開那種可怕的推測。

雖然主人對我下了奇怪的詛咒，但應該不至於在我的腦袋裡塞隻蜘蛛……應該吧？

……不，她不會那麼做的。

雖然主人會在有必要的時候毫不留情捨棄別人，但她對自己人非常好。

我對她來說姑且算是自己人，她不可能對我做出那種事。

不過，因為她的價值觀跟正常人不太一樣，所以有時候會若無其事地做出連我都不敢恭維的事情。

照理來說，有人會為了達成目的而引發戰爭嗎？

而且還是足以讓人族與魔族都元氣大傷的戰爭。

我也明白那是非做不可的事。

可是，能夠毫不猶豫地去做那種事，正是主人之所以是主人的理由。

然而，她又會盡全力保護自己人。

只要看她對愛麗兒小姐的態度，就能發現這件事了。

愛麗兒小姐明明比我強上許多，主人卻小心翼翼地把她藏起來，為了不讓她遇到危險，努力讓她遠離戰場。

真教人嫉妒。

不好的情感湧上心頭，但我用意志力壓了下來。

真是好險。

我的嫉妒差點就要爆發了。

雖然我擁有的「嫉妒」有著強大的技能效果，缺點也相對的大。

那會讓我變得難以控制自己的感情。

我原本就是感情起伏劇烈的人，因為嫉妒這個技能的緣故，這個缺點又變得更嚴重了。

我知道自己的壞習慣是容易被感情支配，做出衝動的事情，也想過要改掉這個缺點，但要是這麼簡單就改得掉，我也不用這麼辛苦了。

為了壓制嫉妒造成的影響，我取得了外道抗性。

因為還沒提升到外道無效，所以還無法完全不讓自己受影響。

我必須自制才行。

我偷偷地深呼吸。

正當我努力控制著情緒時，走在前面的由古抵達目的地了。

他沒有先敲門，就粗魯地把門打開。

「……至少敲個門吧。」

「以我們兩個的交情，這種小事就別計較了吧。」

聽到由古這麼說，在房間裡迎接我們的男子把眉頭皺得更深了。

這名總是一臉不高興的男子正是這個國家的第一王子薩利斯。

他跟由古一樣，是我們手中的棋子。

也就是棋子二號。

他明明是個凡夫俗子，卻只有自尊心特別強，無法承認弟弟們比自己優秀，是個可悲的男人。

明明是正妃的兒子，而且還是第一王子，名聲卻比不上身為第二王子的勇者尤利烏斯。

而尤利烏斯的同母弟弟，也就是身為第四王子的修雷因則從小就被喻為神童。

相較之下，身為下任國王的薩利斯在各方面都很平凡。

沒有任何過人之處。

因此，他一直很害怕下任國王的寶座會被自己的弟弟搶走。

當我提議說要幫他鬥垮那些弟弟時，他二話不說就答應了。

這就是經常在各種故事裡上演的權力鬥爭吧。

「計畫真的不會有問題吧？」

「那還用說嗎，你以為我是誰啊？」

為了掩飾自己的不安，薩利斯一臉不快地質問由古。

真是的，明明只敢借助別人的力量，連靠自己奪下王座的氣概都沒有，還好意思說這種話。

沒出息的男人。

不過，正因為他是這種沒出息的傢伙，我們才能毫不客氣地加以利用。

「你應該沒被人看見長相吧？」

「怕什麼！看看我這身裝扮！」

由古傻眼地攤開雙手原地轉了一圈，展示自己全身上下的裝扮。

他現在全身都穿著鎧甲，頭上也帶著頭盔。

根本不可能看出裡面的人是誰。

明明一眼就能看得出來，還要像這樣再問過，看來他應該相當不安吧。

放心吧，你不需要這麼擔心。

暗中協助這件事的人可是我們喔。

無論如何都不可能會失敗的。

只不過……

我們想要的成功，並不見得是他們想要的成功。

薩利斯焦慮地在房間裡走來走去。

相較之下，由古則重重坐在椅子上，展現出從容不迫的模樣。

我交叉雙臂，背靠著牆壁打發時間。

時間應該差不多了吧。

側耳傾聽後，我聽到了隔壁房間的敲門聲。

「我是修雷因。」

「嗯？進來吧。」

「打擾了。」

看來目標出現了。

修雷因似乎已經走進隔壁的房間了。

「怎麼了？」

房間的主人正是這個國家的國王，同時也是薩利斯與修雷因的父親。國王向修雷因如此問道。

「不是父親大人叫我過來的嗎？請問您找我有什麼事？」

「嗯？我不記得自己有叫你過來。」

事情當然會變成這樣了。

因為把修雷因叫來的人其實是我們。

在那之後，聲音很不自然地中斷。

充斥在隔壁房間裡的魔力成反比似的增加了。

有人用風系魔法把聲音阻斷。

而施展魔法的人則是——

「呀啊啊啊啊！哥哥！你做了什麼！」

噗！

是在背課文嗎？

剛才假裝發出慘叫聲的傢伙，就是施展魔法的人。

然後，在聽到慘叫聲的同時，薩利斯衝出房間，猛然打開隔壁房間的門衝了進去。

由古也隨後跟上。

我不慌不忙地慢慢跟過去。

「發生什麼事了！」

「哥哥殺了父親大人！」

「妳說什麼！修雷因，你瘋了嗎！」

哎呀，薩利斯的演技不是還不錯嗎？

你乾脆別當國王了，改以當演員為目標如何？

我說笑的，已經來不及了。

「衛兵！修雷因襲擊了國王陛下！」

走廊上也能清楚聽見薩利斯的聲音。

其實是我用魔法加大了音量。

如果音量大到這種地步，不知情的無關人士應該也都聽到了吧。

「把修雷因抓起來！」

我一派輕鬆地探頭觀察房裡的情況，正好看到由古揮劍砍向修雷因的那一幕。

房間裡一片慘狀。

被射穿額頭的國王當場斃命，修雷因用手按住被劍砍傷的地方，小女孩一臉茫然地呆立在原地。

「嗨，你看起來還真是狼狽呢，勇者大人。」

「你是……由古嗎？」

「答對了。」

由古脫下頭盔。

「由古，別刻意露出真面目。」

「沒差吧，就當作是給他的餞別禮嘛。」

聽到薩利斯與由古的對話，修雷因的腦袋似乎一片混亂。

拜此所賜，他似乎連我走進了房間都沒發現。

「想知道原因嗎？你這位大哥想得到王位，我想向你和岡姊報仇。對我們兩個而言，你很礙眼。」

「為什麼……下任國王應該是薩利斯大哥啊？」

「你錯了，那位死掉的國王計畫讓你成為下任國王。只要趕在教會宣布你是勇者前任命你為下任國王，教會就沒辦法輕易把你這位勇者派上戰場！」

「我怎麼能被這種無聊的事情奪走王位！」

國王暗中策劃讓修雷因當上下任國王是事實。

這件事並不是我們暗中操控的結果。

雖然其他事情幾乎都是我們造成的就是了。

「哥哥，很遺憾，請你死在這裡吧。」

就在這時，那位一直沉默不語的女孩，也就是這個國家的公主蘇蕾西亞開口了。

既然身為公主，表示她是修雷因等人的妹妹。

「蘇，為什麼？」

「哥哥，我只是終於明白什麼是真正的愛罷了。為此，就算得殺了你，我也在所不惜。」

這位名叫蘇蕾西亞的女孩似乎跟修雷因感情非常好，她的巨大變化應該讓修雷因感到十分驚訝吧。

「由古！這是你幹的好事嗎！」

所以他才會發現吧。

「哦？你發現啦？你發現了吧？沒錯，那是我幹的好事。珍貴事物被奪走的感覺如何？懊悔吧？我也嘗過那種滋味，再了解不過了！呀哈哈哈哈！」

由古擁有某個技能。

那個技能名叫色慾。

跟我的嫉妒一樣是七大罪技能，擁有強大的效果。

其效果就是洗腦。

他就是靠這個技能在操控蘇蕾西亞。

「馬上把蘇恢復原狀！」

「叫我做我就做？你白痴嗎？」

雖然由古出言貶低修雷因，但他這個洗腦別人的傢伙卻沒發現自己也被洗腦了。

真是個可悲的男人。

他現在應該正沉浸於虛假的優越感之中。

不過，就是因為這樣，他才會被狗急跳牆的敵人反咬一口。

「嗚！你居然還有這種力量！」

氣憤不平的修雷因把由古一拳揍飛。

而且好像還想用魔法追擊。

看來要是我不出手幫忙，情況就不妙了。

「哎呀，沒想到你還挺努力的嘛。」

「！」

我發動能阻礙魔法的天鱗與龍結界這兩個技能。

同時解放一直隱藏起來的氣息。

下一瞬間，修雷因立刻轉身，拉開和我之間的距離。

哦，反應挺快的。

正當我暗自感到佩服時，轉過身體的修雷因看了過來，讓我突然有種不舒服的感覺。

這種感覺……是鑑定吧？

可是，很遺憾。

我是嫉妒的擁有者，同時也是支配者。

可以發動支配者權限阻礙鑑定。

所以，他無法看到我的能力值。

「蘇菲亞！這傢伙是我的獵物！不許插手！」

「哎呀？被揍得鼻青臉腫的人還好意思說這種話？」

要是我沒有出手幫忙，你早就危險了。

「夠了！你們兩個別吵了，趕快解決掉修雷因！」

……可以不要命令我嗎？

而且我不能讓修雷因被殺。

所以，現在得讓援軍來救他離開。

「別想得逞！」

看吧，援軍來了。

一道嬌小的人影衝進房間。

那人施展魔法，將由古擊飛出去。

不過，因為魔法被我的龍結界抵銷掉威力，所以應該沒造成太大傷害。

「臭岡姊——！」

看吧，證據就是他還充滿活力。

可是，對方後續發動的魔法還是擋下來比較好。

我把那位身材嬌小的闖入者，也就是在前世擔任我們班導的岡崎老師轉生變成的妖精施展的魔法抵銷掉。

「妳……妳是！」

老師瞪大雙眼。

畢竟我們不久前才在其他地方碰過面。

而且當時的場面還相當具有震撼力。

看到我出現在這種地方，她當然會嚇一跳。

「嗚！俊同學，我們快逃！」

老師用魔法擊碎地板，揚起煙塵。

「可是！」

「不行！現在先暫時撤退吧！」

「哈林斯先生。」

「聽到列斯頓說你有危險，我就立刻趕過來了。雖然你應該還搞不清楚狀況，但現在還是先逃跑比較好。」

從煙塵中傳來這樣的對話，我隨後聽到有人跑步離開的腳步聲。

「你們還愣在這裡做什麼！快追啊！」

薩利斯大叫，但我和由古都沒有理會。

「那就麻煩你按照計畫進行。」

「沒問題，交給我吧。」

由古露出奸笑，走向薩利斯。

「……怎樣？」

也許是感覺到危險，薩利斯退後幾步。

「沒什麼，只是要對你的腦袋動點手腳罷了。」

「什麼！」

由古迅速伸出手，抓住薩利斯的腦袋。

「你想……做什麼！」

「我們的合作關係就到此為止，再來你就努力當個棄子吧。」

「嗚……嗚哇啊啊啊！」

薩利斯發出痛苦的叫聲。

我沒有看到最後，直接離開房間。

由古正在對薩利斯做的事情不是洗腦，而是精神破壞。

至於為什麼不是洗腦，答案是薩利斯早就被洗腦了。

他本來就是個受人控制的傀儡。

不過，本人對此應該毫無自覺吧。雖說是受人支配，也不過是想法稍微受到誘導罷了。

只是，如果像由古現在在做的，不惜完全破壞一個人的精神使其無法復原，就能做好完全把人變成傀儡的準備。

而且如果要蓋過別人施加的洗腦效果，就只能先把對方的精神破壞掉。

這麼一來，受到支配的精神會完全變回一張白紙。

其實這個國家裡已經有許多人都跟薩利斯一樣，暗中受到某個人的支配。

國王也是其中之一。

所以我們才殺了他。

之所以需要讓亞納雷德王國陷入混亂，就是因為國家高層都受到荼毒了。

主人說過，國王想讓修雷因擔任下任國王，應該也是想法受到誘導的結果。

雖然不曉得那是出於什麼樣的目的就是了。

根據主人的推測，對方應該是不想把身為勇者的修雷因交給教會，想把他留在自己的手邊。

我們必須先徹底搞垮王國，把那些膿擠出來才行。

所以，城內現在已經開始進行清掃工作了。

我們讓薩利斯的士兵去襲擊那些受到支配的人。

還讓魔族軍第十軍的成員混進那些士兵之中。

這樣就不會有漏網之魚了。

而我接下來就要去除掉意圖暗中支配這個王國的元凶。

「你好。」

然後，我來到城裡的其中一間客房。

在那裡等待著我的人正是波狄瑪斯。

「……這場騷動果然是妳們幹的好事。」

「驅逐害蟲可是重要的工作呢。」

「哼。真是群可恨的傢伙。」

波狄瑪斯不慌不忙地與我對峙。

「……憑這具義體是贏不過妳的。」

「哎呀，想不到你這麼乾脆。」

這個男人會附身在名為義體的肉體上，從遠方進行操控，本體似乎躲在妖精之里。

所以，不管別人殺死幾具義體，他的本體都不會死。

雖然他就是因為這樣才能表現得如此從容，但我沒想到他會放棄抵抗。

「回去告訴白和愛麗兒。」

波狄瑪斯面不改色，眼神中閃爍著昏暗的火光如此說道：

「我會在妖精之里等妳們，然後盡全力擊敗妳們這些不自量力的傢伙。」

「我會幫你轉達。」

話雖如此，但主人應該正透過分體看著這一幕吧。

我不想繼續看著那張惹人厭的臉孔，毫不猶豫地砍下了他的首級。

波狄瑪斯的腦袋滾落在地上。

話說回來，主人也真是……

想不到波狄瑪斯會先說出她，而不是愛麗兒小姐這位長年宿敵的名字，看來他應該很痛恨主人吧。

畢竟主人確實做了不少足以讓他如此痛恨的事情。

好啦。

再來，只要修雷因能平安逃走，計畫就算成功了。

可是，那樣就不好玩了不是嗎？

因為波狄瑪斯毫不反抗，讓我玩得有些不夠盡興。

所以呢……

我就去找他們稍微玩玩吧。

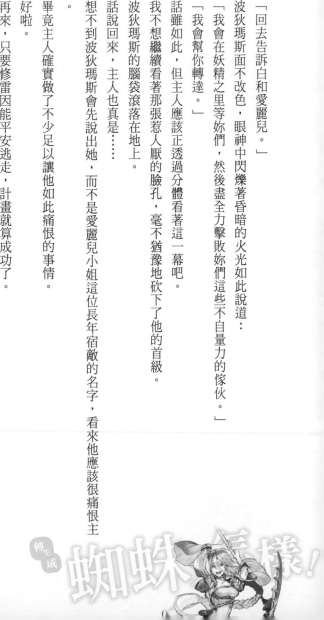

# Sophia Kelen

# 蘇菲亞・蓋倫

本名是蘇菲亞·蓋倫。她出生於人族領地沙利艾拉國，卻在魔族領地長大，有著與眾不同的人生經歷。她是現代早已滅絕的吸血鬼，也是七大罪技能「嫉妒」的主人。這樣的經歷與種族和技能的影響等等各種因素結合在一起，讓她變成一個行為奔放且引人矚目的女生。因為有過一段極度壓抑的人生，她毫不掩飾那種喜歡見到別人不幸的性格。她的實力還算強大，如果沒有白的約束，就不知道會惹出什麼麻煩。目前正受到其監視者白的管轄，以魔族軍第十軍的戰鬥員兼跑腿小妹的身分在世界各地暗中活動。

## 閒話　發生在妖精身上的慘劇

「哎呀，好久不見了呢。」

說完，少女嫣然一笑。

我最後一次見到她已經是好幾年前的事情，當時她還只是個小女孩。

當時的她還很年幼，而且無依無靠，被我視為需要保護的對象。

可是，久別重逢的她卻……

「根岸……同學……」

「可以不要用那個名字叫我嗎？」

根岸同學一臉不高興地舔了舔手指。

那舉動十分妖豔，讓她看起來比實際年齡更成熟。

如實展現出她已經不是個孩子，也不需要我保護的事實。

更別說她從手指上舔掉的東西還是鮮血。

「前世就是前世，今生就是今生，我分得很清楚。我已經不是前世那個需要老師同情的人了。」

「不，我並沒有那麼……」

我無法完全否認根岸同學所說的話。

因為根岸同學前世的處境實在很難說是過得不錯。

她無法融入班上是事實。

雖然我自認有努力試著向她伸出援手，但聽到她說那不是出於身為教師的責任感，而是出於同情，連我自己都覺得可能真的是那樣。

「不……不可能！不可能會有這種事情！」

一名妖精召喚師正在大叫。

根岸同學正在舔舐的鮮血就來自於他召喚出來的魔物。

那是被譽為妖精最強召喚師的他召喚出來的最強魔物。

而那隻危險度高達S級，實力足以匹敵龍種的魔物，卻被變成了一團看不出原本模樣的肉醬。

「不可能！不……」

召喚師像是在說夢話一樣，不斷喊著同樣的話語，但他的聲音不自然地中斷了。

當我轉頭看過去時，腦袋消失的召喚師已經倒在了地上。

而一位身穿白衣的少女在不知不覺之間來到根岸同學身旁，接住疑似砍飛了召喚師腦袋的戰輪。

除了茫然佇立在原地的我之外，現場已經沒有其他還站著的妖精了。

妖精們都倒在地上。

地面變成了一片血海。

「為什麼……妳要做這種事……？」

我忍不住這麼問。

「為什麼？當然是因為妖精對我們來說很礙事啊。」

結果根岸同學一臉理所當然地如此回答。

「我們？」

「沒錯，就是我們。」

「妳果然是魔族那邊的人……」

我最後一次見到根岸同學，是在帝國的邊境。

在那之後，她就被魔族帶到魔族領地去了。

換句話說，根岸同學已經變成魔族的幫手了。

「這個嘛……妳要說我是魔族的人也不是不行啦。」

「咦？」

可是，她回覆我的話有些不太自然。

「畢竟魔族也在我們的掌控之下。不過，我們並不完全等於魔族。」

「妳不是魔族的人？」

那她口中的「我們」到底是什麼？

「管理者……就算我這麼說，妳應該也不知道吧。」

聽到這句話，我睜大了眼睛。

為什麼？怎麼會這樣？

根岸同學說出口的那個是不可能真實存在的人物。

儘管曾經從別人口中得知其存在，我至今也依然感到半信半疑。

「竟然敢跟管理者作對，難不成妖精都是笨蛋嗎？」

「難道妳是因為管理者的指示，才會做出這種事情嗎？」

「我不就是這樣說的嗎？」

「蘇菲亞。」

根岸同學傻眼地聳了聳肩，白衣少女叫了她的名字，像是在告誡她一樣。

「我知道，妳想說我太多嘴了對吧？真是個死腦筋的傢伙。」

根岸同學像是在捉弄白衣少女般輕輕一笑。

那笑容讓她看起來像個普通的少女。

前提是，如果現場不是血流成河的人間地獄，而且凶手也不是根岸同學她們的話。

我實在無法理解在這種狀況下，她怎麼還笑得出來。

眼前這人已經不是我認識的根岸同學了。

雖然她從前世時就是個不好相處的孩子，但現在的她就像是變成了完全不同以往的可怕怪物。

「再見。看在大家都是熟人的份上，我就放妳一馬吧。如果妳已經明白我們的實力差距，以後就別再來礙事了。」

向我道別後，根岸同學率領白衣人集團離開了。

那是不久前發生的事情。

在鄰近魔族領地的帝國內接連發生了妖精失蹤的事件，為了調查那些事件的真相，我親自前往該地，結果就遇上了那件事。

不光是召喚師，我還帶著幾名實力高強的妖精一起去，結果只有我活了下來。

而且還不是靠著自己的實力逃過一劫，而是因為對方放我一馬……

剛才八成也是一樣……

我們逃到了被列斯頓先生當成據點的宅邸。

「按照計畫，我們要在這裡跟列斯頓先生會合。然後，我們就逃離這個國家。」

「請等一下，老師！由古……要是不解決掉那傢伙，蘇就！」

「不行。」

雖然俊同學提議要回到由古身邊，解決這場騷動，但我們不能這麼做。

因為對方那裡有根岸同學在！

就算俊同學當上了勇者，我也不認為他能打贏連S級魔物都能輕易殺掉的根岸同學。

為什麼應該待在遠離這個王國的魔族領地的她，會出現在這個地方？

我能想到的答案是——由古讓她用了轉移陣。

王國與帝國都分別設置了轉移陣，只要使用轉移陣，就能從距離遙遠的帝國一瞬間轉移到王國。

帝國就在魔族領地旁邊，事實上，根岸同學也曾在帝國內部下手暗殺妖精。

雖然不清楚實際情況，但我猜她八成是在帝國活動時跟由古有了接觸。

她看上由古的力量，於是便加以利用……

總之，情況可說是糟透了。

我不清楚根岸同學等人的魔爪伸到了哪裡，只能離開這個國家，找個安全的地方避難。

「老師，如果可以趁現在擺平他，這場騷動應該也會平息。只要能夠回到城裡去抓住那個傢伙……」

「不行。」

「老師！」

就算告訴俊同學根岸同學有多麼危險，應該也無法說服他吧。

所以，我決定用其他理由來說服他。

「教會已經宣布新任勇者的身分了。那人的名字是由古·邦恩·連克山杜。」

聖亞雷烏斯教國是神言教的大本營。

而身為該國領袖的教皇在幾天前宣布了一件事。他居然說由古是下一任勇者。

我會立刻趕回這個王國，就是因為聽到了這個消息。

「咦？」

俊同學愣愣地叫了出來。

聽到這個消息時，我也是同樣的反應。

稱號是絕對不會有錯的。

勇者肯定是擁有那個稱號的俊同學。

然而，教會卻宣布由古是勇者。

再也沒有比這更可疑的事了。

然後又發生了這場騷動。

「這次的事件……連教會都是共犯。」

換句話說，事情就是這麼簡單。我只能做出這樣的判斷了。

我剛才也說過，稱號是絕對不會有錯的。

雖然非常罕見，但也有人跟俊同學一樣，擁有鑑定這個技能。

而且還有鑑定石這種東西。

只要使用那些手段，別人很快就會發現由古不是勇者。

儘管如此，教會依然宣布由古是勇者，代表這其中隱藏著某種陰謀。

「為什麼教會要協助這種愚蠢的計畫？妖精小姐，妳有頭緒嗎？」

也許是得到了跟我同樣的結論，哈林斯先生如此問道。

而我早就想到答案了。

「我想八成是因為連教會內部的人都被由古同學洗腦了吧。」

蘇妹妹被由古操縱這件事，俊同學已經在路上告訴我了。

從這條線索可以導出的答案是——由古用那種力量掌握了教會，讓教會宣布他是新勇者。

「怎麼可能，洗腦之類的技能馬上就會失去效力，不太可能足以引發這種事件。」

雖然哈林斯先生對此表示懷疑，但考慮到蘇妹妹所做的事，那種理由已經說不通了。

想用洗腦的方式讓人自殺或是殺死別人，是相當困難的事情。

就算是在我以前居住的地球上，想要利用催眠之類的手段讓別人做出他非常抗拒的事情，也不是一件容易的事。

這點在這個世界也是一樣。即使能用技能讓別人暫時聽令於自己，一旦那些命令讓當事者感到無比抗拒，洗腦就會馬上解除。

可是，就只有一個例外的技能可以辦到那種事。

「是的，照理來說是這樣沒錯，但也有例外。」

「例外？」

「那就是最上位的七大罪系列技能中的『色慾』。這個技能的洗腦效果是其他技能所無法比擬的，由古同學應該就擁有這個技能吧。」

這個世界存在著一些特殊的技能。

那就是七大罪系列技能以及七美德系列技能。

因為某個理由，波狄瑪斯曾經告訴我那些特殊技能的概要。

而色慾正是其中之一。

那個技能可以透過強大的洗腦效果，讓別人對自己百依百順。

雖然波狄瑪斯告訴我的七大罪系列技能，每一個都有著誇張的效果，但色慾的效果特別令人反感，讓我印象深刻。

話雖如此，波狄瑪斯也只是根據色慾過去的主人的情報推測出這個技能的效果，似乎不曉得色慾的效果到底有多強。

因此，我們無法得知由古到底洗腦了多少人、能洗腦多少人。

「總之，我們不曉得由古同學的魔掌到底遍及至何處，最好還是把這個國家當作已經沒救了。」

「怎麼會這樣……」

現在最好還是保險一點，先逃離這個國家重振旗鼓再說。

「這種事情……我不允許。如果是這樣的話，那就更不能放過由古了！只要趁現在解決那傢伙，說不定還來得及！」

「不行！」

雖然俊同學的提議很有道理，但我們有不能那麼做的理由！

「只要蘇菲亞在場，我們就毫無勝算。」

蘇菲亞……根岸同學有著我們無法企及的強大實力。

在那場大戰中，我也以人族一員的身分參戰了。

我的目的是去接觸同樣也參戰了的田川同學與櫛谷同學，結果在戰場上跟他們一起對上了一位名叫梅拉佐菲的魔族將領。

我們幾個聯手，才總算能跟那位梅拉佐菲打得勢均力敵。

不，不是勢均力敵。

而是差點就能勢均力敵。

聽說那位梅拉佐菲原本是根岸同學老家的僕人。

根據波狄瑪斯的調查，他原本只是個普通人類，卻靠著根岸同學的力量變成吸血鬼，得手了現在的實力。

也就是說，身為梅拉佐菲主人的根岸同學還要更為強大。

不是我要吹噓，但我的能力值相當出色。

然而，如果我沒有跟比我更強的田川同學與櫛谷同學聯手，就敵不過梅拉佐菲。

在那場田川同學好像隨時都會被斬殺的壯烈戰鬥中，就連專心擔任後衛的我都能感覺到死亡近在身邊。

想到田川同學與櫛谷同學說不定真的會在我面前死掉，我就擔心得不得了。

當櫛谷同學身受重傷，我真的感受到了身體彷彿被凍結般的恐懼。

他是讓我經歷過那種恐懼才好不容易擊退的強敵。

而根岸同學比那個梅拉佐菲還要更強。

我們毫無勝算。

「老師，那女孩到底是什麼人？」

也許是終於發現我的樣子不太對勁，俊同學如此問道。

「她是……」

正當我準備開口說明根岸同學的事情時，列斯頓先生等人走了進來。

雖然他來得不太巧，但現在比起說明那種事，還是趕快逃跑比較重要。

要是能夠平安逃離這裡，到時候我就好好向他說明吧。

然而……

「我們又見面了。」

根岸同學再次出現在我們面前……

# 3 顛覆王國的工作

雖然我一直透過分體觀察局勢，但情報也未免太多了吧！

事情一件接著一件發生！

從山田同學的觀點來看，國王才剛被自己的妹妹殺掉，惹禍後就下落不明的夏目同學就意氣風發地現身了。

而且第一王子薩利斯還跟夏目同學聯手反叛，把殺死國王的罪嫌嫁禍給他。

這就是所謂的晴天霹靂吧？事情的發展就是如此波濤洶湧。

於是，可憐的山田同學就這樣蒙受不白之冤，不得不逃離王都。

可憐的孩子……

什麼？你說我這個主謀沒資格說這種話？

話是這麼說沒錯啦～

可是，如果我不把事情調整成這樣，說不定會發生更悲慘的事情。

夏目同學無論如何都會因為怨恨山田同學與老師而失控。

第一王子薩利斯也會因為和弟弟們相比的自卑還有對於王位的過度執著而失控。

再加上波狄瑪斯的毒牙早已伸進王國高層。

可說是到處都藏有未爆彈。

我只不過是在對我們有利的時間點，往對我們有利的方向引爆那些未爆彈罷了。

我是在幫忙處理未爆彈耶！

所以我沒有做錯！

以上就是我的藉口。

……不行嗎？不能原諒我嗎？

嗚嗚嗚……沒辦法，那我就承認吧。

一切都是我不好！

畢竟我把國王殺掉了。

雖說國王已經受到操控，但我可能讓動手殺掉自己父親的妹妹留下了心靈創傷。

我很清楚自己做了狠毒的事情！

可是我不會停手！

正確來說，是我不能停手。

雖然可能還有更好的解決方式，但我自認已經用上自己能想到的最好做法。

首先，我利用這場混亂，把被波狄瑪斯操控的王國高層人士全部解決了。

波狄瑪斯本人也被吸血子砍下腦袋。

雖然那依舊不是本體，他過段時間就會用其他身體跑出來，但我們做到了這種地步，應該能讓他對王國收手才對。

這樣就算是大致完成任務了。

再來只要讓山田同學等人逃走就行了。

失去王國這個最強大的後盾後，山田同學應該再也無法做出什麼大事了。

只要讓他在一切事情都結束以前乖乖躲在某個地方就行了。

雖然我是這麼想的，但那些被夏目同學洗腦的傢伙讓山田同學陷入了苦戰。

面對被洗腦的大島同學，他似乎無法出手攻擊。

嗯……我還以為憑山田同學的實力，想讓大島同學失去戰力應該不是很困難，難道是我太看得起他了嗎？

不，那不是實力問題，應該是心情上的問題吧。

他不是那種能毫不猶豫地對前世摯友兵刃相向的人。

話說回來……

「卡迪雅！快點醒醒吧！」

「吵死人了。我很清醒。叛徒就該跟個叛徒一樣乖乖受罰。」

這是情侶吵架嗎？

大島同學施展的火系魔法被山田同學用水系魔法抵銷掉了。

雖然那幅光景很華麗，但我已經看慣更高次元的戰鬥，總覺得有些缺乏魄力。

雖然當事人們應該都是在拚命戰鬥，但就是給我一種緊張感不足的感覺……

也許是因為這樣，我只覺得山田同學與大島同學像是在嘻笑打鬧。

我再強調一次，當事者們都是在拚命戰鬥。

只不過，比起跟神話級魔物之間的戰鬥，這一戰實在沒什麼魄力。

也許是因為我懷著這種失禮的感想，觀戰的時候心不在焉，結果反應慢了半拍。

什麼！

大島同學竟然自爆了！

為了擺脫夏目同學的洗腦，他竟然自爆了！

等等……這不管怎麼看都是致命傷吧……

糟糕……出大事了……

雖說無法憑自己的力量解除洗腦，但也不至於要用自爆這種手段吧……

「卡迪雅！」

山田同學衝向快要倒下的大島同學，在倒地前抱住他的身體。

可是，大島同學在毫無防備的情況下遭到全力攻擊的身體受到了任何人看了都知道已經沒救的重傷。

糟糕……想不到事情竟然會變成這樣……

我太小看大島同學的意志力了。

雖說只有一瞬間，但他竟然能成功抗拒七大罪技能的洗腦效果。

而且還在恢復清醒的短短一瞬間捨棄了自己的生命。

我完全想不到事情會變成這樣。

老師，對不起……

正當我暗自向老師道歉時，一道柔和的光芒籠罩山田同學與大島同學。

是治療魔法嗎？事到如今就算做那種事，也早就來不及……什麼！

不對！那不是治療魔法！

山田同學正在發動的這招絕對不是什麼治療魔法！

證據就是——大島同學受到的致命傷已經治好了。

「啊……傻？」

「卡迪雅，妳恢復正常了嗎？」

「奇怪？我身上的傷？」

「我治好了。」

「你這傢伙……還是一樣誇張……」

「別說話了，我們先逃離這裡吧。」

大島同學與山田同學開始打情罵俏，但我可沒有那種心情繼續看。

剛才發生的事情讓我大受震撼，忍不住踢倒椅子站了起來。

不管怎麼看，大島同學身上的傷都不可能治得好。

別說是治好了，大島同學被山田同學抱住時八成早就死了。

普通的治療魔法不可能立刻治好那種致命傷，就算是治療魔法的上位技能「奇蹟魔法」，也沒辦法讓死掉的人復活。

就只有一個技能辦得到那種事。

那就是七美德技能──「慈悲」。

這個世界唯一的死者復活技能。

想不到山田同學就是那個技能的主人……

不，我也不是完全沒有料想到。

其實我知道有人擁有慈悲這個技能。

只是不曉得那人是誰。

只不過，七美德系列的技能就跟七大罪系列一樣，並不容易取得。

困難到就算這個世界的人類想要刻意去取得，也難以如願。

連刻意想要取得都這麼困難了，偶然取得這個技能的機率幾乎是零。

這麼一來，取得慈悲的人就很可能是這個世界的異類，也就是轉生者。

而我早就猜到轉生者之中有機會取得慈悲的人應該就是山田同學了。

我之所以故意讓夏目同學洗腦大島同學和長谷部同學這些轉生者，也是為了確認他們有沒有七美德技能。

結果大島同學和長谷部同學都沒有，代表慈悲的主人是剩下的山田同學、老師、田川同學和櫛谷同學之中的某人。

其中，雖然老師以個性來說很可能擁有慈悲，但她從來不曾復活被殺掉的妖精，所以可以排除在外。

田川同學和櫛谷同學也不是沒有可能，但考慮到個性的話，還是山田同學比較有機會。

如果想要確認，就只能對山田同學發動鑑定，或是讓他實際使用這個技能，但我也不能專程準備屍體逼他使用。

這場意外或許該說是不幸中的大幸，讓我歪打正著地找到慈悲的主人。

儘管有猜到那人可能是山田同學，我卻無法確認這件事，以至於原本沒有這樣的計畫，但這或許是個好機會。

使用慈悲這個技能的代價是會提升禁忌的等級。

慈悲的效果是死者復活，與這個世界的系統背道而馳。

可是，讓死者復活以後，就得面對會讓人得知系統真相的禁忌。

當他得知真相，就不可能不發現死者復活背後的意義。

D做的事情還是一樣惡劣。

居然用這種方法打擊人心。

可是，我就是要利用這點。

我要把山田同學引來，在他眼前製造死者。

這樣他肯定會復活那些死者。

同時不斷提升禁忌的等級。

當禁忌的等級升到最高，山田同學就會得知這個世界的黑暗面。

到時候他就得被迫做出選擇。

看是要與我們為敵。

還是要跟我們聯手。

假裝視而不見也是一種選擇。

世界的命運這種沉重的東西，普通人是扛不住的。

如果他選擇與我們為敵，到時候我會盡全力擊潰他。

可是，我覺得山田同學應該做不到那種事。

因為他只是個市井小民。

雖然當上了勇者，但他原本只是個隨處可見的普通少年。

所以，他肯定無法扛起整個世界的命運。

我要趁現在讓他明白真相，逼他抽身。

嗯。我原本是打算之後隨便找個地方讓他避難，避免他出來攪局，但我決定要變更計畫了。

我還是要讓山田同學暫時逃離王都，但我決定再多讓他做些事情。

我在腦袋裡安排今後的計畫。

既然山田同學等人最大的阻礙——也就是大島同學已經倒下，那他們應該很容易就能逃走了吧——

「我們又見面了。」

喂——我才剛說完耶！

吸血子小姐，妳到底在做什麼？

妳為什麼要跟個最後頭目一樣擋住他們的去路啊！

「啊……這是給老師的禮物。」

「波狄……瑪斯！」

「怎……怎麼會這樣！」

而且她還把波狄瑪斯的腦袋丟到人家面前！

看到這一幕，他們肯定會嚇死吧！

吸血子小姐啊！妳到底在想什麼！

「難喝死了……難道個性差勁會讓血也變得難喝嗎？」

吸血子舔了舔波狄瑪斯的血。

別鬧了！那傢伙的血很髒！快點吐出來！

「殺掉波狄瑪斯的人……是妳嗎？」

「要不然還會有誰？」

「可是，妳！」

「別說什麼我不可能殺人喔，妳自己不也殺了一堆嗎？這裡可不是日本，別以為我還跟以前一樣。」

她跟老師吵了起來，但重點是她之後有何打算？

咦？我應該有告訴她要讓山田同學等人逃離王都吧？

她該不會忘記了吧？

總覺得老師他們一副要跟吸血子打起來的樣子耶！

「老師，妳想跟我戰鬥？算了吧，主人叫我別對妳出手。」

就是說啊！我明明就有這樣說過！

妳又是為什麼要擋住人家的去路啊！

被妳這樣擋住去路，老師他們當然會想動手吧！

「不過，我也是逼不得已的。這是正當防衛，所以我沒做錯。」

妳錯得離譜啊！混帳東西！

不，我要冷靜。不會有事的。

吸血子應該也知道最後要放他們一馬。

而且要是發生緊急情況，菲米娜也會幫我阻止吸血子才對！

我才剛這麼想，一把戰輪就朝山田同學射了過去。

……奇怪？那不是菲米娜的戰輪嗎？

就算只有吸血子，我方的戰力也早就過強了，要是再加上菲米娜，山田同學等人不就毫無勝算了嗎？

身穿黑衣的菲米娜忙著牽制想要替老師助陣的山田同學。

同樣穿著黑衣的瓦魯多跑去襲擊抱著安娜的哈林斯。

他們之所以沒穿平時的白衣，是因為如果要在王國裡暗中行動，那身白衣實在太顯眼了。

畢竟白衣等於魔族軍第十軍這件事已經逐漸廣為人知。

雖然不曉得王國裡有沒有人知道這件事，但為了避免身分曝光，我還是讓他們換上黑衣，混進第一王子薩利斯的手下之中。

這些都是些無關緊要的小事。

吸血子把老師施展的魔法全部抵銷掉，慢慢向她逼近。

當吸血子得到嫉妒這個技能時，還因為附送的稱號得到了天鱗這個技能。

天鱗是龍種持有的龍鱗的上位技能。

其效果是讓身體長出鱗片提升防禦力，以及分解魔法的架構。

在透過鱗片提升物理防禦力的同時，還能分解魔法的架構，連魔法攻擊都能抵擋。

以防禦技能來說，是無可挑剔的強大技能。

只要搭配擁有同樣效果的龍結界這個技能，就能讓魔法攻擊變得幾乎完全無效。

老師的能力值與技能似乎都偏重魔法，對吸血子這種對手完全沒轍。

更何況雙方的能力值差距太大，她可說是毫無勝算。

也許是因為明白這點，吸血子不慌不忙地走向老師。

雖然老師想用風系魔法突破困境，但魔法對吸血子根本不管用，完全被她當成物理上的耳邊風。

「啊嗚！」

然後，吸血子終於抓住老師纖細的脖子。

喂！妳到底在做什麼啦——！

現在該怎麼辦才好！

再這樣下去，山田同學一行人的冒險就要在這裡結束了！

可惡！事已至此，只能讓我以神祕幫手的身分趕去幫老師他們解圍了！

正當我認真考慮要這麼做時，有一頭白竜飛了過來。

那是……

「是菲嗎？」

彷彿預先猜到我的想法一樣，山田同學向那頭白竜如此問道。

菲……那是漆原同學嗎……

漆原同學原本是隻地竜，但因為她跟勇者山田同學締結了召喚契約，結果好像走進光竜這條特殊進化路線了。

因為是特殊進化，她變得跟繭一樣，花了點時間才完成進化，但我沒想到她會在這個時間點完成進化。

時間也未免抓得太準了吧！

……這個時間點是不是真的抓得太準了？

難道這是山田同學的天之加護這個技能的影響嗎？

「沒錯，妳真是幫大忙了。」

就在我想著這些問題時，山田同學似乎正在用念話與漆原同學對話。

「修！你快騎著那頭竜逃跑！」

第三王子列斯頓大喊，眾人也分別開始行動。

「別管我們了！修！哈林斯先生！你們帶著岡小姐快逃吧！」

「修！我們快逃吧！」

哈林斯扛著昏倒的老師與安娜跑向山田同學。

「你以為我會放過你們嗎？」

吸血子在這時出面喊停。

不對吧！妳要讓他們逃走啊！

妳到底在做什麼啦！

幸好漆原同學成功用吐息牽制吸血子，趁機抓起山田同學等人飛了起來。

最後順利逃掉了。

啊，漆原同學最後放出的吐息把瓦魯多燒成了一團火球……

算了，他應該死不了才對。

吸血子和菲米娜迅速展開行動，把留在現場的第三王子列斯頓等人都打昏。

菲米娜唸了吸血子幾句，卻被她當成耳邊風。

說得好！菲米娜！幫我多唸她幾句！

不過，看來我也得教訓一下吸血子才行……

# 4 跟大人物交涉的工作

我懲罰了犯人。

「等一下！反正我最後還是有放他們走，這樣不就沒問題了嗎！而且要是直接放他們走，天曉得他們之後會做出什麼好事，所以我還讓老師陷入名為『昏睡』的異常狀態了喔！這樣那些傢伙至少有十五天都不能輕舉妄動了！怎麼樣！我很能幹吧！妳應該放我一馬才對！」

犯人是這麼說的。

但我還是要懲罰她！

「呀啊啊啊！」

吸血子發出跟雞被掐死時一樣的慘叫聲，看著她受罰的菲米娜幸災樂禍地暗自竊笑。

小姐，雖然擺出一副事不關己的樣子，但妳也是吸血子的共犯吧？

「咿！」

我一併懲罰了她們兩個。

不過，以結果來說，山田同學等人還是有順利逃走，而且吸血子讓老師陷入昏睡的異常狀態也是相當不錯的判斷，所以我只稍微懲罰了她們一下。

至於懲罰的具體內容，為了吸血子與菲米娜的名譽著想，我還是別說了吧。

吸血子讓老師陷入的「昏睡」這種異常狀態，據說是「睡眠」這種異常狀態的上位版。

這種異常狀態似乎很難解除，在效果還沒消失的期間，會讓人如字面所示一直昏睡不醒。

她到底是在什麼時候學會能引發這種異常狀態的技能的……

話說回來，我可不曉得還有昏睡這種異常狀態……

嗯……我還以為自己熟知絕大多數的技能，但看來我所不知道的技能其實還有不少。

根據吸血子的說法，她對老師施加的昏睡效果，只要再過十五天就會自動解除了。

至於效果只有十五天的理由，據說是因為如果超過十五天，目標的身體就會迅速變得虛弱，再也不會醒來。

太可怕了！

畢竟陷入昏睡的人不能進食，一旦昏睡太久，當然會鬧出人命。

在老師陷入昏睡的期間，山田同學等人的行動會受到限制，也不用擔心老師會告訴他們不必要的事情。

畢竟老師的情報來源是波狄瑪斯。

那傢伙肯定對老師灌輸了奇怪的觀念。

所以山田同學等人不見得不會做出什麼奇怪的行動。

就這層意義來說，讓老師陷入昏睡確實是大功一件。

在老師陷入昏睡的十五天內，山田同學等人的行動將會受到限制，這樣我們就能趁機去做其他事情了。

我們非做不可的事情還有很多。

首先是搞好魔族領地的內政。

這部分就全都交給巴魯多了。

自那場大戰結束以後，包含鬼兄在內的所有軍團長都忙著處理戰後的善後工作，而那些工作也總算是告一段落了。

既然巨乳怪也已經被召回，那應該可以回歸正常運作了。

因為這個緣故，計畫將要進到下一個階段，也就是準備遠征妖精之里！

沒錯！我們要遠征前往妖精之里！

在那場大戰結束以後，我們是時候差不多該解決掉礙眼的波狄瑪斯，於是決定出發遠征，把妖精之里消滅。

不是過去那些就算破壞掉也會繼續跑出來的波狄瑪斯義體。

而是要殺掉波狄瑪斯的本體。

為此，我們必須把妖精之里徹底破壞才行。

所以才必須牽制住老師他們。

畢竟老師也是妖精，我不能讓她受到牽連。

在對付波狄瑪斯的時候，我也不曉得自己還有沒有能保護老師他們的餘力。

與波狄瑪斯之間的決戰可以想見將會十分激烈。

雖然我們打算救出被軟禁在妖精之里的轉生者們，但說實話，在最糟糕的情況下或許得對他們見死不救。

與波狄瑪斯之間的決戰就是那麼危險。

有可能讓我們分心的因素還是越少越好。

跟波狄瑪斯決戰的時候，我想讓自己處於萬全的狀態。

為了達成這個目的，就得先過某個男人那關……

那就是神言教教皇達斯汀。

沒有這名男子的協助，我們無法跟波狄瑪斯全面開戰。

「……又是這種強人所難的要求。」

於是，我們來到這個地方了！

那就是神言教的大本營——聖亞雷烏斯教國！

坐在我對面……不，是斜對面的人，正是神言教教皇達斯汀。

為什麼他不是坐在我對面？

「你辦得到吧？那就萬事拜託了。」

那是因為坐在他對面的人，正是笑容滿面的魔王大人。

可說是人族老大的教皇。

可說是魔族老大的魔王。

照理來說，這兩人根本沒機會碰面。

讓他們像這樣面對面會談簡直就是一種奇蹟。

照理來說，這可說是能名留青史的重要場面。

在這種重要場面，魔王大人還能毫不畏懼地向教皇提出自己的主張……不，應該是出言威脅才對。

真不愧是魔王大人。

面對魔王的要求，教皇大大地嘆了口氣。

「竟然要我允許讓魔族軍通過人族的領地……妳明白這件事的意義嗎？」

沒錯，這就是這次會談的議題。

為了擊潰妖精之里，我們希望教皇讓魔族軍通過人族領地。

簡單來說，就是能不能讓我們這些敵軍從你們家經過？

教皇會說這是個強人所難的要求，也是可以理解的事情。

到底有哪個世界的國家會允許敵軍從自己的領土通過？

而且魔王與教皇可是敵人。

因為他們分別是魔族與人族的代表。
現在只是因為有妖精這個共同的敵人才會暫時聯手罷了。
有點接近於「敵人的敵人就是同伴」的意思。
實際情況應該是「並非鼎立的三國」才對。
因為波狄瑪斯是必須優先剷除的對象，雙方才有合作空間，但依然互為敵人。
而且魔族與人族不久前才剛打完一場大戰。
在這種情況下要求對方讓魔族軍通過，只能說是強人所難。
而且還有一件更重要的事情！
那就是只有魔王與教皇有彼此合作的空間。
不是魔族與人族，而是只有魔王與教皇。
這點非常重要。
雖然魔王與教皇都是魔族與人族實質上的領袖，但也並非完全掌握著這兩個種族。
魔王靠著恐怖統治掌握著相當大的權力，但也不是完全沒有造成內部摩擦。
而由於教皇是透過宗教進行較為寬鬆的支配，所以很難發動強制力。
用宗教煽動人心是一種非常方便的支配型態，但也只能向人們灌輸某種思想，很難強迫人們去做違背其思想的事情。
我認為叫人族與魔族和解就是最不可能辦到的事。

畢竟神言教至今一直對人族灌輸「魔族是敵人」這樣的觀念。

要是神言教突然提出相反的意見，信徒的向心力肯定會跌落谷底。

對於依靠這種向心力才得以成立的神言教來說，這就跟徹底垮臺毫無分別。

不過，在那些王侯貴族之中也有神言教的死忠信徒，我想他們應該不會那麼容易就垮臺才對啦。

明明沒有實質上的支配，卻能光靠思想就操縱人心到這種地步，教皇的政治手腕只能用厲害來形容了。

難怪連魔王也覺得他是個怪物。

而我們這次的要求，就連那位教皇都覺得相當強人所難，為此抱頭苦惱。

雖然魔王出言威脅他，但我想應該是沒辦法吧。

我很清楚這是個強人所難的要求，看來只能由我負責用轉移讓整支軍隊越過人族領地了……

「事前準備可是累死我了。」

他居然辦得到嗎！

……咦？真的假的？

「真不愧是你！我就知道你辦得到！嗯！」

魔王露出燦爛的笑容稱讚教皇。

可是，我知道她真正的想法。

她現在心裡肯定想著：「這傢伙講真的嗎……」

因為我們事前商量的時候，她明明就說教皇不可能克服這個難題！

我跟魔王事前商量的結果是這樣的。

我們原本計劃先丟給教皇一個難題，要是他辦不到，就威脅……不，是跟他進行交涉，請他盡量提供協助。

交涉的基本技巧不就是先提出一個對方辦不到的條件，然後再開出對方有可能辦到的真正條件嗎？

反正教皇不可能讓魔族軍通過人族領地，那我們就用這件事作為藉口盡量敲他竹槓吧。我跟魔王當時還一邊奸笑一邊如此討論，可是……

這個老爺子剛才說了什麼？

事前準備可是累死我了？

這不就表示他早就做好準備，隨時都能下令執行了嗎？

……這個外掛老頭是怎麼回事？

各位轉生者們，你們不搞內政外掛那套是正確的選擇。

面對這個外掛老頭，那種臨時抱佛腳的內政外掛是不可能管用的……

「可是，這樣好嗎？就算是權傾天下的神言教，這麼做還是要付出相當大的代價吧？」

啊！魔王！不能問這種問題啦！

也許是直接察覺到我內心的驚慌，教皇臉上的笑容更深了。

「沒錯，這個不考慮後果的行動，讓我付出了相當沉重的代價。所以……」

稍微停頓了一下後，教皇瞇起眼睛。

「我絕不允許失敗。」

咿——！

好可怕！這個老爺子明明毫無戰鬥力，氣勢卻超級可怕耶！

我們明明想要威脅他，卻反過來被他威脅了！

「……不會失敗的。絕對不會。」

有別於氣勢被這個老爺子壓過的我，魔王冷靜地回答。

「我一直在等待這一刻，等了好久……」

魔王平靜地說。

可是，她眼神中蘊含的情感實在無法用「平靜」兩字來形容。

那是與平靜完全相反，旋起漩渦的狂暴激情。

「妳說得對，這一刻實在是讓人等了好久。」

教皇也露出同樣的眼神。

在令人難以想像的漫長時間裡，這兩人一直都在對付波狄瑪斯這位敵人。

有句話叫做「積怨難平」，他們兩人累積起的對波狄瑪斯的怨恨應該相當驚人吧。

雖然我也很討厭波狄瑪斯，但比起他們兩個對波狄瑪斯的怨恨，應該不算什麼才對。

畢竟怨恨的時間差太多了。

他們兩個對波狄瑪斯的恨，大概到了「惡其餘胥」的程度了吧。

事實上，魔王與教皇都曾經因為太過憎恨波狄瑪斯，對妖精展開無差別大屠殺。

畢竟妖精就類似波狄瑪斯的眷屬，所以這也是無可奈何的事情。

而且最近負責屠殺妖精的傢伙主要是按照我的指示行動的第十軍……

我也沒有資格指責別人。

雖然我忍不住逃避現實，但看到用充滿鄉愁的眼神看向遠方，陷入沉默的魔王與教皇，我就有種背後快要冒出冷汗的感覺。

糟糕……看來這是個只許成功不許失敗的任務。

我也完全不打算失敗。

可是，對手畢竟是那個波狄瑪斯。

那個壞心眼的傢伙不可能沒準備個幾招隱藏的殺手鐧。

視那些殺手鐧的威力而定，暫時撤退也是一種選擇。

但看到魔王與教皇的反應，我實在無法說出那種話……

我能清楚感受到那種「今天就是你的死期！我們來一決死戰吧！」的氛圍。

……雖然實際上應該不只百年就是了（註：「今天就是你的死期」的日文諺語是「ここであったが

百年目」，直譯是我找了你百年的意思）。

也難怪他們會這麼感慨。

抹殺波狄瑪斯行動的成敗關鍵就掌握在我手上。

嗚……我的胃已經開始陣陣刺痛了。

壓力大到不行。

……放……放心吧！不會有問題的！

為了這一刻，我還用了那麼多時間做準備！

一定會成功的！

我要相信自己！

我試著鼓舞自己。

我也想盡量讓抹殺行動一次就成功。

只要想到波狄瑪斯過去讓魔王與教皇嘗到的苦頭，這種想法就會變得更為強烈。

魔王與教皇一直飽受波狄瑪斯的折騰，我想讓他們一解心頭之恨。

多虧有教皇幫忙做好事前準備，讓我多了相當多的餘力。

在原本的計畫中，我們並不認為教皇有辦法讓魔族軍進軍人族領地。

所以，雖然這招算是相當蠻幹，但我打算直接把全軍轉移到妖精之里前方。

不過這招會耗費掉超級多能源就是了！

我已經把這當成是必要的開支了。

可是，如果魔族軍有辦法從人族領地通過，我就不需要耗費那麼多能源了！

我可以把那些能源用在其他地方。

這樣就能大幅提升抹殺波狄瑪斯行動的成功率。

只是，現在又出現另一個問題了。

因為用轉移移動只需要一瞬間就能搞定，所以我們還沒讓魔族軍開始認真為進軍做準備。

可是，如果必須在人族領地行軍，就得好好做準備，並且制定進軍計畫。

魔王與教皇開始討論計畫的細節。

看來回到魔族領地後有得忙了……

我們得趕快做準備才行。

這也是為了順利實現魔王與教皇長年以來的心願。

# 間章　鬼的前進之道

『贖罪吧！』

只要閉上眼睛，腦海中就會浮現出這句話，彷彿有人直接對著我的意識說話一樣。

就算睜開眼睛，那句話也不會消失。

不管是睡著還是清醒，都一直糾纏著我，不願消失。

『贖罪吧！』

這是禁忌LV10的效果。

也是賦予犯下禁忌還把技能等級升到最高之人的知識與其代價。

凡是把禁忌練到最高等級的人，都得一輩子與這句話共存。

『贖罪吧！』

這是對所有生活在這個世界的人類說的話。

禁忌是為了讓把這個世界逼到快要滅亡的人們自覺其罪過的技能。

可是，那我們這些從前在另一個世界生活的轉生者，到底該為了什麼事情贖罪？

這個問題的答案就是……

想不到戰後的處理工作會這麼累人。

把工作大致做完以後，我整個人都累癱了。

拜能力值與技能所賜，肉體上的疲勞並不嚴重。

可是，精神上的疲勞卻非常嚴重。

因為我剛才處理的工作是確認陣亡者名冊，並且準備要交給其遺族的慰問金。

我率領的第八軍出現了相當多犧牲者。

有超過一半的人都被我硬逼著衝向敵軍，以幾乎算是自殺式攻擊的方式戰死。

每次看向名冊的時候，我彷彿都能聽到他們痛罵我的聲音。

我還看到遺族們趴在找回來的遺體上哭泣的模樣。

我不得不對他們表達言不由衷的哀悼之意。

我不能發自內心表達哀悼。

我沒有資格那麼做。

因為我必須當個硬逼他們前去赴死的惡毒上司。

照理來說，我甚至不被允許像這樣陷入感傷。

我努力不去多想，專心進行戰後處理的工作。

我負責攻打的要塞已經被我親手摧毀，早就失去占領的戰略價值了。

就算占領一堆殘垣斷瓦也毫無意義。

可是，遺留在戰場上的雙方死者屍體以及要塞裡的物資等等東西，則必須加以回收才行。

要是放著不管，就會被戰場竊賊搜刮一空。

雖然在我摧毀要塞的時候，擺在要塞裡的物資就幾乎都變成廢物了，但我們成功回收了那些運氣好，沒被破壞波及，依然完好無缺的物資。

更麻煩的是回收屍體的工作。

負責回收屍體的人，當然是第八軍的倖存者與新僱人員。

他們幾乎都認識那些死者。

他們有好幾次都在找到熟人屍體時放聲大哭，不得不停止作業。

這就是我所導致的光景。

我不知道該說什麼。

即使如此，我也不能保持沉默。

我對著那些哭天喊地的工作人員說出刻薄的話語，要他們「別哭了，快點工作」。

如果有人用怨恨的眼神看過來，我就用更有魄力的眼神瞪回去。

面對我充滿壓迫的目光，他們只能低頭屈服。

第八軍的成員原本就是些與我毫無瓜葛的雜牌軍。

打從一開始就不曾效忠於我。

因為我硬逼他們前去送死，葬送了許多他們的戰友，他們因此仇視我並畏懼我。

他們痛恨那種毫無道理的死。

可是，他們也無法違抗。

我能清楚感受到他們心中的鬱悶。

我完全就是個用恐懼控制部下的邪惡將軍。

毫無正義可言。

可是，這就是我選擇的道路。

事到如今，我已經無法回頭了。

我大大地嘆了口氣，從自己房間的椅子站了起來。

今天還有一場軍團長會議。

我離開房間，走向會議室。

結果在途中遇到梅拉佐菲先生。

「你好。」

「你好。」

我們兩人都沒有多說什麼，只簡單做了問候。

梅拉佐菲先生是蘇菲亞小姐的僕人。

因為這個緣故，在我當上軍團長以後，他以軍團長前輩的身分對我多方關照。

雖然他是個文靜、不喜歡說廢話的人，今天卻給人一種比平時還要沉悶的感覺。
他肯定是因為跟我差不多的理由才會心情沉重吧。
平時就蒼白的臉色，今天看起來更蒼白了。
我們就這樣默默走向會議室。
開門走進會議室後，我發現同樣面色凝重的達拉德軍團長早就入座了。
只不過，比起精神上的疲勞，達拉德軍團長似乎有著更多肉體上的疲勞。
有別於我和梅拉佐菲先生，達拉德軍團長只是普通的魔族。
能力值也相對的低。
肯定是戰時的疲勞跟戰後處理工作的疲勞加在一起，讓他累積了太多疲勞吧。
「唔……是梅拉佐菲將軍和拉斯將軍嗎？」
聲音中沒有平時的霸氣。
看來他似乎累壞了。
「辛苦您了。」
我忍不住說出這樣的話。
「唔唔……我看起來果然很疲倦是嗎？」
「嗯，很明顯。」
就算找藉口也無濟於事，我誠實說出自己的感想。

「實在是太丟人了。不但在難得的大舞臺吃下敗仗，還因為事後處理工作露出這種醜態。這次大戰全是些讓我喪失自信的事。」

達拉德軍團長無力地笑了笑。

就在這時，古豪軍團長正好走進會議室。

這位壯漢似乎感受到了房裡的氛圍，鬼鬼祟祟地就座。

古豪軍團長的臉色也不太好看。

這就代表軍團長們或多或少都處於工作繁忙的狀態吧。

我也坐到自己的位子上，等待會議開始。

等了一段時間後，白小姐走了進來。

也許是我想太多了，當她走進房間裡時，似乎看了古豪軍團長一眼。

不過，因為白小姐閉著眼睛，所以我也不是很清楚她在看哪裡。

「哈囉。大家都到齊了呢。」

因為太過在意白小姐的舉動，讓我沒發現愛麗兒小姐進來了。

雖然軍團長還沒到齊，但剩下的應該就算缺席了吧。

更重要的是，站在愛麗兒小姐身旁的巴魯多先生臉色超級難看。

那張臉變成了土黃色，一副隨時都會死掉的樣子。他還好嗎？

「第二軍團長還沒到，就算她缺席吧。」

愛麗兒小姐說出第二軍團長沙娜多莉小姐缺席的原因。

雖然沙娜多莉小姐曾經獨自回來參加軍團長會議，報告現況，但她之後馬上就回去監視那座被猿猴魔物占領的要塞了。

而她現在正率領第二軍從那座要塞返回。

在上次那場會議中，愛麗兒小姐告訴我們下次遠征的地點是妖精之里。

由前第七軍團長華基斯與妖精聯手這件事便可得知，軍團長之中有人與妖精有所勾結。

雖然愛麗兒小姐與白小姐沒有告訴我那人是誰，但我從態度猜出那人應該是沙娜多莉小姐。

雖然這只是我的猜測，但應該八九不離十才對。

既然連我都看得出來，那愛麗兒小姐與白小姐不可能沒有發現。

換句話說，她們現在只是暫時放過沙娜多莉小姐罷了。

我不明白計畫到了即將進軍妖精之里，準備消滅妖精這個種族的階段，她們還要放過沙娜多莉小姐的原因。

可是，既然愛麗兒小姐與白小姐決定這麼做，其中應該有著深刻的理由吧。

「好啦，這次急忙叫你們大家過來開會，不是為了別的，正是為了進軍妖精之里的計畫。」

我暗自感到困惑。

愛麗兒小姐平常都是把軍團長會議交給巴魯多先生主持。

就只有今天是由愛麗兒小姐親自主持。

跟平時不太一樣。

這讓我有種不好的預感。

「其實我們的計畫出現了點變化，不得不提早行動的日期。」

而不好的預感總是會成真。

出席會議的軍團長們全都沉默不語，彷彿忘記要呼吸一樣。

戰後處理工作總算告一段落，卻又聽到我們必須立刻進軍的消息，也難怪他們會有這種反應了。

我們原本的進軍計畫時程已經相當緊迫，讓人忙得要死了，現在又要進一步提前行動，想也知道會變成加班地獄，讓我現在就開始頭痛了。

「哎呀，真是抱歉呢。」

愛麗兒小姐一邊抓頭髮一邊用輕鬆的口氣向我們道歉。

雖然這樣根本算不上安慰，但我想她八成是發自真心感到抱歉。

因為愛麗兒小姐是個好人。

可是，等待著我們的工作並不會因為她道歉就變少。

我的腦海中閃過黑心企業這個詞彙。

人只要有心去做，就沒有辦不到的事情。我們總算是按照計畫重新編組好軍隊，做好進軍的

準備工作了。

這一切都是軍團長們同心協力，為了完成準備工作而四處奔走的結果。

尤其是巴魯多先生與達拉德軍團長，他們非常協助我，讓我覺得自己在這段準備期間跟他們變得更親近了。

令人意外的是，就連疑似跟妖精有著暗中接觸的沙娜多莉小姐也相當配合。

回到魔王城後，沙娜多莉小姐就跟負責留守魔族領地的巴魯多先生與達拉德軍團長合作，積極參與維持治安與重新審視進攻妖精之里時的防衛體制等工作。

不過，她並沒有像巴魯多先生與達拉德軍團長那樣，把自己的戰力借給我們遠征組。

即使如此，她依然給了我們相當大的幫助。

看來沙娜多莉小姐已經決定捨棄妖精，跟隨愛麗兒小姐了。

雖然我不喜歡她這種像蝙蝠一樣的牆頭草，但這也不是需要我出手解決的問題。

反倒是第三軍團長古豪表現得很不積極。

畢竟古豪軍團長從以前就是反戰派，對這次的遠征似乎也持反對意見。

話雖如此，但他也只是沒有積極幫忙，並沒有出手阻礙。

儘管態度消極，一旦巴魯多先生下達指示，他還是會乖乖照做。

意志薄弱、優柔寡斷。

這就是我對古豪軍團長抱持的印象。

我會對他印象不太好也是理所當然的事情。

因為大家明明都在犧牲睡眠時間四處奔走，卻只有一位軍團長沒有積極幫忙。

雖然說到沒有幫忙這點，第九軍團長黑也是一樣，但他在軍團長中的定位比較特別，所以這也是沒辦法的事。

至於另一位定位特別的軍團長白小姐，則也在相當忙碌地四處奔走。

話雖如此，但我並沒有實際看到白小姐忙碌工作的模樣。

白小姐率領的第十軍表面上是個不知道在做什麼的神祕軍團，但我知道白小姐經常用轉移把他們帶到各種地方，讓他們去處理各種雜事。

而我在準備期間完全見不到第十軍，這就是她很忙的證據。

即使是那支第十軍，在這出陣的日子也還是趕來跟我們會合了。

……雖然以蘇菲亞小姐為首的某些人並沒有出現。

那些沒有出現的人八成是跟帝國軍同行吧。

在我們的前方，夏木同學……也就是現在的由古率領的帝國軍，已經開始朝向妖精之里進軍了。

而我們魔族軍會跟在他們後面，擔任這次進軍行動的第二陣。

我迅速掃視這次出陣的魔族軍。

帝國的軍旗隨即映入眼簾。

帝國的軍旗多到隨便掃視就能看到的地步。
這些東西八成是白小姐準備的吧。
我們接下來要偽裝成帝國軍開始進軍。
魔族與人族的外表毫無差異。
所以，只要像這樣展示能讓人輕易看出所屬單位的標誌，並且事前宣稱這是支帝國軍隊，就不用擔心會事跡敗露。
雖然也有些像我這樣外表跟別人不一樣的傢伙，但只要穿上全身鎧甲，讓別人看不到長相就不會有問題了。
人族領地現在應該已經做好讓帝國軍進軍的準備了吧。
而且他們完全不曉得那支帝國軍隊居然是魔族軍。
那位教皇應該已經做好這種程度的事前準備了。
我對教皇抱持的第一印象，就是個普通的老人。
我在他身上完全感覺不到強者特有的氣勢，只要我用這雙手繞過他的脖子輕輕使力，就能輕而易舉地殺了他。
我如此確信。
而我也沒有誤會。

教皇毫無疑問是個幾乎完全沒有戰鬥能力的老人，弱小到我能輕易一擊殺掉的地步。

可是，那是只論戰鬥能力的情況。

連愛麗兒小姐都說教皇是個怪物。

而我清楚見識到了讓她這麼說的原因。

「正因為如此，我才會努力不讓自己堆起的屍山白費。」

教皇肯定不曉得這句話對我造成了多大的打擊。

我頭一次見到教皇，是被白小姐她們帶去聖亞雷烏斯教國時發生的事。

在那場大戰開打以前，原本理當處於敵對狀態的魔族首領跟可說是人族實質首領的神言教教皇見面了。

在為了讓他們兩人進行交涉而安排的會場，我也被允許跟他們同席。

愛麗兒小姐與教皇同意在大戰後組成同盟對付妖精，而且好像還簽訂了密約。

針對此事進行協調，並討論大戰之後與擊敗妖精後的方針等等，讓大家推心置腹地討論這些事情就是這次會談的目的。

愛麗兒小姐從系統建立以前就一直活到了現代，可說是歷史的活證人。

相較之下，根據愛麗兒小姐的說法，教皇也擁有能繼承記憶轉生的特殊技能。

雖然有著一直存活與不斷轉生這樣的差異，但他可以說是跟愛麗兒小姐一樣的歷史活證人。

而知曉正確的歷史，就等於也知道這個世界系統的真相。

禁忌把系統的真相告訴了我。

那就是人類過去做出蠢事，把這顆星球搞到快要崩壞，最後靠著一位女神的犧牲才得以阻止崩壞。

可是，那也只是讓崩壞暫時停止而已，這個世界依然面臨著崩壞的危機。

所謂的系統，就是在生物死後回收其畢生累積的經驗值，也就是反映在能力值與技能上的力量，拿來讓即將崩壞的世界重生的巨大術式。

愛麗兒小姐與教皇都知道系統的真相。

正因為如此，愛麗兒小姐才會以魔王的身分讓魔族與人族鬥爭，透過增加死者的方式讓系統回收能源。

而神言教的教義「我們要鍛鍊技能，聽更多神的話語」，則是為了讓人們在活著時累積更多能源。

當這個世界的居民透過系統取得新技能或提升等級時，都會聽到系統告知這件事的通知。

就算把那種聲音當成神之聲來崇拜，也很少有人會感到奇怪。

因為人們從小就被灌輸這樣的觀念。

可是，如果是其他轉生者得知神言教的教義，或許就會覺得這個異世界宗教的教義很奇怪。

如果我是在完全不知情的情況下得知這種教義，應該也會有同樣的感想吧。

抑或是把這當成轉生者之間聊天時的笑柄。

例如「神言教的教義還真是奇怪呢」之類的。

可是，一旦知道真相，就再也笑不出來了。

神言教利用名為「宗教」的組織，廣泛地逼迫人族去做這件事。

他們要人們成為這個世界的基石。

從小就灌輸人們這種教義，讓信徒相信他們是出於自己的意志遵循神言教的教義。

這種做法非常有效率。

甚至讓人感到有些可怕。

這肯定是因為這種做法等於是把人命當成消耗品。

感覺就像牧場一樣。

這座牧場飼養名為人族的肉，然後慢慢出貨。

人族甚至沒發現自己是這座牧場裡飼養的牛羊……

而一手打造出這座牧場的人正是神言教教皇。

越是了解神言教，就越是明白教皇的可怕。

神言教的可怕之處在於整個組織的力量。

神言教的影響力幾乎遍布整個人族領地。

唯一的例外就只有信奉女神教的沙利艾拉國，其他國家則都興建了教會。

就連小村子都設有禮拜堂，神言教的根遍布各處。

讓孩童接受神言教的祝福，聽著其教義長大。

等到他們長大成人，一個完美的神言教信徒就完成了。

神言教就是這樣掌握人心，間接支配整個人族。

不光是這樣，散落各地的神言教教會還被當成情報收集站，抑或是情報中繼站來使用。

據說神言教的相關人士大多都學會了念話的上位技能——遠話。

遠話可以讓人用念話與同樣擁有這個技能的人遠距離對話。

他們會利用這個技能轉達來自遠方的情報，透過傳話遊戲的要領把情報傳給神言教的大本營，也就是聖亞雷烏斯教國。

雖然沒辦法在第一時間得知，但是可以迅速得知遠方的情報。

教皇非常清楚新鮮的情報具有多大的價值。

在這個沒有汽車與飛機的世界，移動是件很費時的事情。

除了轉移陣和遠話這種例外之外，使用快馬是最迅速的情報傳遞手段，但使用快馬還是太慢的情況也很多。

教皇便是透過把能使用遠話的人配置在各地，把情報傳遞過程中的延遲壓到最低限度。

然後靠著取得的情報判斷局勢，並且隨心所欲加以操控。

除此之外，他還打造出各種組織，讓神言教這個組織的地位更為穩固。

特別值得一提的是，雖然那些組織需要很多人手，卻不需要用到能人異士。

雖然遠話是念話的上位技能，但只要學會念話，想要練成遠話並不困難。

同樣的，讓神言教這個組織運作所需要的技能，也都是些常見的技能。

任何人只要想學都能學會。

反過來說，就是任何人都做得到。

這點非常重要。

這代表想要培育多少替代品都沒問題。

不是把組織交給一位傑出的人才去掌管，而是讓其他為數眾多的普通人去支撐這個組織。

正因為任何人都做得到，所以就算少了某個人，也能輕易補充，不會出現空缺。

就算少了某個人，也能由其他人來代替他的工作。

這點就算是教皇也不例外。當繼承達斯汀之名的教皇不在其位，也會由其他教皇扛起這個任務。

而就算達斯汀不在其位，神言教也不會動搖。

那是因為神言教這個組織打下的基礎穩固到可怕的地步。

有句話叫做「國家百年大計」，而神言教用上了比那更長的時間，打造出絕對不會被撼動的

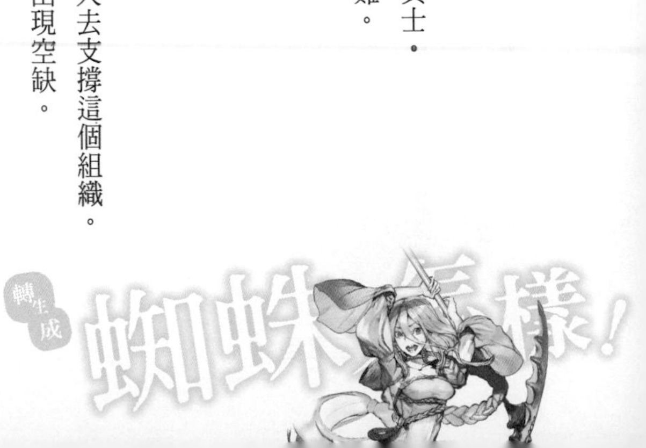

組織。

教皇毫無疑問是個出色的英傑。

可是，他並沒有因為自身的能力感到自滿，而是利用眾人的力量來支配人族。

簡直就是人族之王。

在我認識的英傑之中，他是最特別的一個。

愛麗兒小姐、白小姐、蘇菲亞小姐、梅拉佐菲先生……我認識的這些強者都因為自己很強，所以不會去依靠其他弱者的力量。

正因為他們都是完美的個體，所以也只能當個絕對的強者，不會變成率領其他弱者的王者。

在我認識的人之中，最有資格成為王者的強者，應該是已經戰死的第一軍團長亞格納先生吧。

亞格納先生的目光並沒有侷限在第一軍，而是放眼整個魔族在領導眾人。

可是，就算是那位亞格納先生，也是依靠他個人的能力在經營整個組織。

一旦失去了亞格納先生，就無法繼續維持下去。

而教皇的支配並沒有脆弱到少了一個人就無法成立。

教皇應該是看出自己能力的極限，才會早早就開始把行動重心擺在建立組織上吧。

慧眼獨具的人才有這種先見之明。

而且他也真的讓神言教發展成這種巨大組織，可見他確實很有本事。

這些事情都是愛麗兒小姐告訴我的。

愛麗兒小姐告訴我神言教的各種事情，讓我以為自己知道教皇這人有多厲害。

……見到本人以後，我才明白自己其實根本什麼都不知道。

「我要殺掉勇者。這件事非做不可。」

「可是，這樣人族就再也無法制止妳這位魔王，妳不覺得這個要求有點不公平嗎？」

「你覺得勇者為了對抗我會浪費掉多少能源？沒有勇者那種東西，對大家都有好處吧？」

「……原來如此。妳不是只要殺掉勇者，而是要破壞掉名為勇者的機制對吧？」

「就是這麼回事。」

「這麼做的優點和缺點又是什麼？」

教皇正在跟愛麗兒小姐討論該如何處理勇者。

聽說那位勇者是我前世的好友——俊的哥哥。

而這位教皇曾經利用勇者打擊妖精族暗中操控的人口買賣組織，讓他累積實戰經驗，同時累積聲望。

由於人族與魔族之間陷入冷戰，讓勇者失去了表現的舞臺。

為了解決這個問題，教皇想到了這個一石三鳥之計，讓勇者累積實戰經驗，立下威名遠播的功績，還順便阻止了妖精族的陰謀。

拜此所賜，勇者尤利烏斯變得深受民眾喜愛，還在對付人口買賣組織的過程中累積實戰經驗，練就不遜於歷代勇者的實力。

結果教皇只因為看到了利益，就輕易捨棄了自己苦心栽培的勇者。

「妳要我對外宣布由古・邦恩・連克山杜是新任勇者？」

「沒錯，不過其實修雷因・薩剛・亞納雷德才是真正的勇者。」

「需要隱瞞真相的理由是什麼？」

「因為由古是我家小白的棋子，雖然他本人並不知情就是了。讓我們可以任意操控的傢伙當上勇者，會比較好辦事。」

「原來如此。波狄瑪斯在亞納雷德王國有些可疑的動作，這兩件事之間有關係嗎？」

「當然有關係。為了把波狄瑪斯趕出亞納雷德王國，非得在亞納雷德王國引發一場混亂不可，到時候必須讓國際社會知道由古才是正義的一方。」

「而最簡單快速又能取信於人的手段，就是對外宣布由古王子成為新任勇者是嗎？」

「你能馬上明白我的意思真是幫了大忙。」

「可是，一旦東窗事發，神言教的信用就會跌入谷底。妳打算要怎麼補償我的損失？」

「如果這麼做可以消滅掉妖精，那應該很划算才對吧？在消滅妖精的行動中，我也打算要利用由古，只要把一半的功勞算在協助他的神言教頭上就行了。要是發生什麼對你們不利的事情，你們也只需要把被由古洗腦當成藉口就能把責任推得一乾二淨。」

只要有利可圖，就算要他推舉一個假勇者也在所不辭。

只要是為了擊敗波狄瑪斯，就算要他讓一個國家陷入混亂也無所謂。

說好聽是以大局為重。

說難聽就是跟機械一樣無情，只把人命當成數字。

如果捨棄一個人可以拯救超過兩個人，就算那人是勇者，他也會毫不猶豫地捨棄。

當然，如果勇者的用處大於那些應該拯救的人，他應該就不會捨棄勇者了吧。

可是，那也不是因為重視勇者這個人，只是因為重視勇者這個棋子的能力罷了。

他是排除掉一切私情與人性的政治怪物。

他是人族之王，也是人族的絕對守護者，更是人族的同伴。

可是，他本人的行動方針中看不到一絲人性。

人族的頂點竟然毫無人性，這到底是在開什麼玩笑？

也許就是因為這樣吧。

我忍不住開口詢問：

「你口口聲聲說要保護人族，卻又能輕易地捨棄人命是嗎？」

這是我的問題。

而他對此的回答則是——

「如果為了讓多數人存活就只能犧牲少數人的話，我會毫不猶豫地犧牲少數人。」

蘇菲亞小姐對這句話感到不以為然。

「所以你就虐殺應該保護的民眾。這真是天大的笑話。」

她不屑地說出了這句話。

蘇菲亞小姐的故鄉據說就是因為神言教而滅亡，她的父母也被波狄瑪斯趁亂殺死了。

她會對神言教態度不好，也是可以理解的事情。

面對蘇菲亞小姐的責罵——

「正因為如此，我才會努力不讓自己堆起的屍山白費。」

教皇做出了這樣的回答。

這種生存之道讓我受到了震撼。

他並沒有對自己做過的一切感到驕傲，反倒像是在對自己堆起的屍山賠罪。

就算是這樣，他也沒有停下腳步。

因為要是他停下腳步，那些堆積如山的屍體就會變得毫無意義。

說不定教皇一直都在為自己贖罪。

在贖罪的過程中不斷累積新的罪過，永無止境地贖罪。

即使明知沒有盡頭，明知自己無法得到原諒，還是一直在替自己贖罪。

那到底是多麼痛苦的事情？

我感到不寒而慄。

或許我是直到這時才實際體認到教皇這人的深不可測。

我一直無法決定自己的生存之道。

我生為一個哥布林，但出生長大的哥布林村卻被人類消滅，還被仇人布利姆斯奴役。

後來我得到憤怒這個技能，擺脫布利姆斯的奴役，成功替村子報仇。

可是，後來憤怒讓我幾乎失去理智，變得見人就殺。

我能遇到白小姐一行人，讓憤怒得到封印，重新恢復理智，簡直可說是奇蹟。

如果我當時無法恢復理智，繼續到處遊蕩的話，恐怕會在不久的將來筋疲力竭，橫死街頭吧。

我幸運地活了下來。

跟那些死在我手上的人不一樣。

我覺得既然自己好運撿回一命，就有義務繼續活下去。

而如果要繼續活下去，我想要做些事情。

可是，我不曉得自己到底該做些什麼才好。

我只是跟隨愛麗兒小姐與白小姐等人的腳步罷了。

我只是跟在試圖成就拯救世界這個豐功偉業的她們身後，想在旁邊沾點光罷了。

沒有面對自己犯下的罪過。

只是羨慕地看著那些毫無迷惘地走在自己決定的道路上的耀眼人們。

我一直都感到愧疚。

我這個毫無目標的傢伙，真的有資格跟她們並肩奮戰嗎？

我一直都在煩惱。

為了成就大義而取人性命，真的能稱作是正義嗎？

愛麗兒小姐與白小姐心中應該都有答案了吧。

可是，我沒辦法那麼輕易地就做出結論。

我這人打從前世就討厭不正當的事。

一直努力讓自己的作為合乎正義，到了近乎潔癖的地步。

可是，因為被憤怒支配而虐殺無辜的人們，絕對不算是正義。

自從發生那件事以後，我就失去了自己的人生方向。

我早就偏離正道了。

找不到自己應該前進的方向，只能跟在能隱約看見她們背影的愛麗兒小姐與白小姐身後。

教皇那句話就像一道光明。

即使明知那樣不對，即使明知那是罪過，也要為了成就大義而勇往直前。

看到教皇我才知道，原來還有那種生存之道。

那條路上應該充滿著阻礙與痛苦吧。

可是，我覺得那正是我該選擇的生存之道。

『贖罪吧！』

禁忌對我說了這句話。

啊，我知道了。

我會贖罪。

我會為了贖罪繼續增加自己的罪過，然後一直贖罪下去。

為了讓被我殺死的無辜人們的死得到回報。

為了不讓他們的死白費。

不，就連這樣的想法都是一種自私。

我沒資格說什麼要贖罪這種好聽的話。

因為我出於一己之私，殺死了許多人。

我不會向他們道歉。

也不會再次回頭。

我要繼續往上堆。

讓屍山越堆越高。

然後成就某件事。

成就我們的大義。

這是我唯一能報答他們的方法。

然後，我在那場大戰中率領第八軍，讓敵我雙方出現許多犧牲者。

而我這次將要朝向妖精之里進軍。

目的是消滅妖精。

徹底根絕一個種族。

應該會有許多生命殞落吧。

「全軍出擊！」

聽到愛麗兒小姐的號令，我往前邁出腳步。

除了前進，還是前進。

我再也不會停下腳步了。

# 5 又是指揮交通又是處刑的工作

忙死人了。

我真的真的～快要忙死了～

勤奮的蜘蛛小姐。

作詞、作曲：本小姐。

喂，我的休假呢？

週末呢？

節日呢？

暑假、寒假、春假還有黃金週呢！

我這幾天一直都在工作耶！

難道勞動基準法對魔王軍不管用嗎！

這一切都是教皇太過優秀惹的禍。

商業夥伴能力優秀明明是件值得慶賀的好事，但要是對方優秀過了頭，我們也會被逼得不得不加快腳步，這也很令人傷腦筋呢……

世事還真是無法盡如人意。
跟別人扯上關係果然不會有好事。
換句話說，當個邊緣人才是最完美最理想的生存之道！
要是硬要跟別人扯上關係，就會像這樣被硬塞一大堆工作，忙到沒時間休息。
既然如此，那就獨自一人按照自己的步調去做自己想做的事，不就什麼問題都沒有了嗎？
就算結果以失敗收場，責任也全都在自己身上。
就算自己會責備自己，也不用擔心會被別人責備。
對自己負責。
真是句好話。
你問我到底想說什麼？
答案是我不想搞砸事情惹教皇生氣……
我以前不都是獨自一人隨心所欲地行動嗎？
所以就算搞砸事情，責任也只在我一個人身上。
可是，要是我這次失敗了，教皇會怎麼想？
在教皇眼中，我方陣營的首領是魔王。
換句話說，失敗的責任得由魔王來扛。
哦哦……想到就胃痛。

不過，正是因為這樣，我才會像這樣不眠不休地努力工作。

不同於我們原本想要利用轉移移動的計畫，如果要在人族領地進軍，就得花上好幾天。

因為只要使用轉移，一瞬間就能抵達。

既然要花上好幾天，就得提早行動。

而且還得準備進軍途中需要消耗的糧食。

這些問題就交給巴魯多去努力解決了。

還得請他在各個軍團四處奔走，完成準備工作。

至於我目前在處理的工作，當然是只有我能完成的各種事情。

首先是帝國方面的準備工作。

我們原本打算用轉移移動，所以沒想過要通過帝國領地。

因此，我們完全沒和帝國進行事前溝通。

由於魔王已經告訴教皇，說我把夏目同學拉攏到我方陣營了，所以教皇似乎以為帝國也在我們的管轄之下。

而且他還在會談中把這個任務完全交給我們了。

真希望他別把這個任務交給我們……

夏目同學可以用色慾這個技能洗腦操縱的人並不多。

雖然並沒有人數上的限制，可惜想要成功洗腦實在太費工夫了。

不是只要打個響指說：「好啦！你已經被我催眠了！」就能輕易洗腦一個人。

實際上，必須花費許多時間，連續洗腦好幾次才行。

如果只洗腦一次，效果很快就會消失，對方也會恢復理智。

而且就算是在洗腦效果穩定的狀態下，只要放著不管，就會隨著時間經過逐漸失去效果。

不過，如果是在連續洗腦好幾次，洗腦效果得到累積的狀態下，對方想要自然恢復理智，應該就得花上相當長的時間。

就算想用治療魔法之類的手段硬是讓被洗腦的人恢復理智，困難度也會隨著累積的洗腦效果多寡而改變。

夏目同學跟我不一樣，只有一個身體，就算讓我用轉移帶著他到處洗腦別人，也還是有限度。

畢竟夏目同學的ＭＰ也是有限的。

沒錯，想要發動色慾這個技能也需要用到ＭＰ。

因為夏目同學的ＭＰ有限，必須嚴格篩選需要洗腦的對象。

為了讓夏目同學的地位更加穩固，帝國的主要人物都被我們洗腦了。

例如夏目同學的父親，也就是帝國國王劍帝。

除此之外，還有各地的有力諸侯。

雖然大多都是文官就是了。

其實帝國內部已經相當腐敗了。

到處都在上演齷齪的政治鬥爭。

文官與武官對立，而文官為了中飽私囊，可說是做盡了壞事。

至於武官則腦筋太差，只能任憑文官哄騙擺布，不是被調到外地，就是受制於人。

雖然劍帝似乎想要設法聯合那些武官，壓下那些腐敗的文官，但那些武官都信奉實力至上主義，不願認同有著文官性格的劍帝。

結果別說是要聯合武官了，劍帝甚至反而受到孤立。

武官都跟劍帝保持著距離，所以也不會接觸到中央的政治事務。

到頭來那些腐敗的文官還是在為所欲為。

這個狀況還真是有趣。

感覺可以用劍帝為題材，拍一部宮鬥類的電視劇或電影。

不過，因為帝國內部的這種情勢，我們只需要拉攏那些腐敗的文官就行了。

其中有些人甚至不需要洗腦，只是收到賄賂就對我們搖尾巴了。

雖然這樣我們也樂得輕鬆就是了。

劍帝先生，你想哭就哭吧。

畢竟你都被親生兒子洗腦了。

你說什麼？是誰讓由古去做那種壞事？

沒錯，就是本小姐。

我是在腐敗的帝國內部暗中搞鬼的女人。

你們可以說我是傾國傾城的美女。

總之，我已經成功掌握帝國，但並非完全掌握。

雖然拉攏了過半數的文官，但武官全都不在我的掌握之中。

那些武官的領地幾乎都在臨接魔族領地的區域或是那附近的地區。

如果想要從帝國內部通過，無論如何都得通過那些武官的領地。

我得設法解決這個問題才行。

此外，如果要從帝國前往下個人族國家，就得用到轉移陣。

我們當然不會徒步橫跨大陸，從魔族領地前往妖精之里。

雖然帝國是個大國，有好幾個轉移陣，但因為那場大戰才剛結束，排隊等待使用轉移陣的人也很多。

不但有各國派至帝國的援軍等著要回去，還有那些以義勇軍身分參戰的冒險者等著要回去。

此外，因為在戰爭時期讓那些軍人優先使用轉移陣而停止的物流，也必須重新恢復。

正因為轉移陣很方便，在現在這種非常時期，使用者更是多到不行。

還有夏目同學率領的帝國軍必須使用轉移陣前往妖精之里，現在可說是大排長龍。

而我們必須使用早已大排長龍的轉移陣。

轉移陣的預約早就滿了。

我們必須插隊排進這個預約早就滿出來的隊伍之中。

而且還是整支軍隊。

哈哈哈！所以才需要做些調整啊！

於是，我派出第十軍，解決了帝國內部的各種問題。

至於我解決問題的方法，我只能說有些事情還是不要知道比較幸福。

像是讓某位武官突然全家神祕失蹤之類的。

畢竟我們肩負著全世界的命運，只能不擇手段了。

而且我也沒有太多時間……

這是因為我不能只顧著處理帝國的問題。

畢竟亞納雷德王國的問題也還沒處理完。

按照原本的計畫，我應該要專心負責處理那邊的問題才對。

結果因為這個突然跑出來的問題，讓我不得不把時間與心力分配給帝國。

換句話說，我被逼得不得不雙線作戰。

想也知道會很忙吧！

因為這個緣故，我來到亞納雷德王國。

地點是前幾天才剛發生叛亂的王城。

時間是晚上。

人們早已陷入沉睡。

不過，我覺得現在的王城還是太過安靜了。

畢竟這座寬廣的王城裡面，現在就只有少少幾個人。

拜此所賜，這裡才會安靜成這樣。

就在今天，山田同學等人應該再過不久就會闖進這座王城。

因為王國已經對外宣布，說要處決在叛亂時抓到的第三王子列斯頓，以及身為大島同學父母的公爵夫妻。

考慮到山田同學與大島同學的個性，他們顯然會跑來救人。

其實負責監視山田同學等人的分體，已經看到他們從藏身之處出發了。

為了迎接山田同學等人，我故意讓這座王城幾乎唱空城。

至於我做出這種麻煩事情的理由，應該算是為了做實驗吧。

老實說，這場實驗算是可有可無的那種。

只不過，如果先做過這場實驗，在對決……不，是殺掉波狄瑪斯的時候，會多一道保險。

如果這場實驗成功，我們就能有更多選擇。

不過，就算實驗成功了，我也不是很想做出那樣的選擇。

那應該是真正的最後手段吧。

嗯……不過，雖然做實驗是最大的理由，但其他各種微不足道的理由加在一起，讓我覺得還是得做這件事才行。

比如說，這或許能讓山田同學等人被綁在這裡更久一點。

可是，考慮到是不是非得在這種忙死人的時期做這件事不可，我又覺得好像沒有那個必要。

……雖然有種強迫性的觀念讓我覺得「計畫好的事情就得全部完成」，但有些不是很重要的事情，是不是可以延後進行或是乾脆中止呢？

可是……但是！沒錯！

既然是計劃好的事情，那果然還是去做比較好吧！

要是隨便延期或是中止的話，之後的計畫也得變更！

換句話說，我覺得還是把計畫好的事情完成比較好！嗯！

絕對是這樣沒錯。

正當我自顧自地表示贊同，不斷點頭時，空間感知有了反應。

咦？好像有人想要轉移來到這裡耶。

居然會在這個時間點轉移過來這裡，是邱列邱列嗎？

我有一瞬間如此懷疑，但立刻就撤回這種想法。

因為對方發動轉移時，建構術式的熟練度跟邱列邱列不一樣。

簡單來說，就是不夠精密。

換作是邱列邱列的話，在我感知到的下一瞬間，他就會轉移過來了。

早在發動術式就用掉這麼多時間時，對方就不可能是邱列邱列了。

不，對方的術式照理來說已經算是相當漂亮了，如果拿去跟邱列邱列這位貨真價實的神比較，也只能說是比較的對象太過厲害。

更何況光是能夠使用空間魔法，在這個世界就已經算是很厲害的高手了。

畢竟我跟邱列邱列只能算是例外，空間魔法並不是可以隨便使用的魔法。

就連那位魔王都不太會使用空間魔法了。

我不知為何在暗自替這位素未謀面的術士說話，同時等待對方轉移過來。

現身的人是老爺子。

啊……果然是這傢伙。

我認得這個老爺子。

正確來說，其實我見過這傢伙好幾次了。

這個老爺子似乎名叫羅南特。

不過，他叫什麼名字並不重要，重點是他是帝國的首席宮廷魔導士。

毫無疑問是帝國最強的人。

不只限於帝國，如果只論魔法實力的話，他應該是人族最強的人吧。

而且他還是勇者尤利烏斯的魔法老師，所以人脈相當廣。

我也把他視作是人族中必須特別注意的人物。

畢竟他可說是空間魔法的權威，也是我所知道技能等級最高的人族。

早在有人轉移過來時，他就是頭號候選了。

問題在於，這位老爺子為何會在這個時間點出現在這裡。

我應該是讓這位老爺子跟夏目同學率領的帝國軍一起行動了才對。

雖然這位老爺子比夏目同學更強，我無法讓他被洗腦，但要是不利用其戰力就太浪費了，於是我透過正常的管道命令他從軍了。

都是因為有控制住帝國的首領劍帝，我才能辦到這件事。

而帝國軍現在應該正朝向妖精之里進軍才對。

為什麼人應該在那裡的老爺子會跑來這裡？

算了，照理來說，他應該是來幫助山田同學等人的吧？

雖然他應該不曾見過山田同學本人，但對方畢竟是自己徒弟的弟弟。

而且他還認識跟山田同學同行的哈林斯。

……話雖如此，這是需要他特地用轉移趕來幫忙的事情嗎？

我總覺得有點奇怪。

不過，事到如今就算多了一個老爺子，我該做的事情還是不會改變，所以不成問題。

更何況，這場實驗只需要有山田同學一個人就夠了。
老實說，這跟戰力問題完全無關。
這座王城現在幾乎是座空城。
根本不會發生戰鬥。
就算老爺子跟他們會合，事情也不會有任何改變。
反倒是勞煩這位老爺子白跑這一趟，讓我有些過意不去。
老爺子佇立在王城的城牆上方。
為了不被發現，我小心隱藏自己的氣息，躲起來觀察這位老爺子。
老爺子似乎也在找尋王城內部的氣息，站在原地動也不動。
他一臉狐疑地皺起了眉頭。
我想也是，畢竟這座王城裡現在幾乎沒人。
明明是意氣揚揚地來到這裡，卻發現根本沒有敵人，也難怪他會有那種反應。
「算了，不重要。」
喂！這樣可以嗎！
老爺子小聲呢喃的低語讓我忍不住暗自吐槽。
你也再多思考一下吧！
整個王城都找不到人顯然有問題吧！

一句「算了，不重要。」就可以不管了嗎！

你應該要更有那種首席宮廷魔導士該有的威嚴吧！

老爺子似乎對城裡的狀況失了興趣，開始眺望城外的天空。

哈哈，我知道了，看來他是個我行我素的傢伙。

就是有這種人。

就是有這種活在自己獨特的步調中的傢伙。

這種傢伙通常都缺乏協調性，沒辦法參與集團行動。

真是的，真希望他稍微學學我重視協調性的生活態度。

這位老爺子是在等山田同學等人趕到嗎？

他說不定是打算先跟山田同學等人會合，然後再殺進城裡。

我很懷疑這位我行我素的老爺子到底能不能跟山田同學等人好好配合。

我覺得他們絕對會起內鬨。

看吧，我話才剛說完，他就朝向山田同學等人射出魔法……咦？

嗯？嗯嗯？

那個老爺子到底在做什麼？

他竟然朝向山田同學等人射出魔法？咦？

咦咦？

太扯了。

事情為什麼會變成這樣？

為什麼老爺子要朝向飛在天上的山田同學一行人連續發射魔法？

山田同學等人騎著變成竜的漆原同學，從空中飛了過來。

而一道道光線正射向山田同學一行人。

漆原同學在相當高的空中飛行，但那些光線依然射得精準無比。

漆原同學激烈地左閃右躲，不斷閃避光線的攻擊。

老爺子的射擊技巧相當出色，無愧於首席宮廷魔導士這個名號。

話說，現在是佩服的時候嗎？

雖然我不知道老爺子為何要攻擊山田同學等人，但要是繼續這樣下去，山田同學等人說不定會選擇撤退。

山田同學等人已經完全被壓制住了。

雖然他們有試著縮短雙方的距離，但縮短跟老爺子之間的距離，就意味著離魔法的發射地點更近，而離魔法的發射地點更近，就意味著魔法不會因為距離而衰減，威力會變得更強。

而且魔法抵達目標的時間也會變短。

換句話說，就是會變得難以閃避，被擊中時的傷害也會變大。

雖然某部漫畫的主角曾經說過，在近距離打鬥時，小刀的速度比手槍還要快，但那並不等於手槍在近距離戰鬥時很弱。

畢竟還有零距離射擊這樣的詞彙。

對付老練的魔法師時，雖然不接近對方就根本沒得打，但就算成功接進對方，也不見得就一定有得打。

山田同學等人有辦法接近老爺子嗎？

不，如果他們無法接近，打贏那位老爺子，我就傷腦筋了！

老爺子的法杖射出光線，漆原同學一邊前進一邊閃躲。

但漆原同學果然在途中就躲不過了，光線劃過騎在她背上的山田同學臉頰。

雖然山田同學似乎展開了結界進行防禦，但還是沒能完全抵消那股威力，臉頰上流出鮮血。

這似乎反倒讓漆原同學下定決心，開始筆直往前衝。

她完全放棄閃避，筆直衝向老爺子。

而這會讓她變成一個好打的標靶。

如我所料，老爺子朝向漆原同學射出光線。

那道光線被山田同學展開的魔法光盾彈開。

他打算就這樣一邊防禦一邊縮短距離嗎？

老爺子射出光線，又被山田同學彈開，類似這樣的攻防不斷上演。

然後，當雙方的距離變得夠近時，山田同學從漆原同學背上跳下來，直接揮劍砍向老爺子。

哦哦，好像在看動作片一樣耶。

可惜老爺子技高一籌。

山田同學的劍揮空了。

雖然山田同學應該不知道發生了什麼事情，但我從第三者的視角觀察戰況，清楚看見了那一瞬間發生的事。

那是短距離轉移。

老爺子發動短距離轉移，繞到了山田同學旁邊。

「嗯……這樣算是合格了吧。」

老爺子臭屁地這麼說。

下一瞬間，一連串魔法朝向山田同學射了過去。

那些都是快速連發的低等級魔法。

雖然技能等級提升後學到的魔法，威力會有著同等等級的強大，但發動所需要的時間也會更長。

而他就是靠著故意連續發射威力較弱的低等級魔法，來製造出魔法的彈幕。

以人族來說，這位老爺子還挺厲害的。

山田同學用劍和剛才使用的魔法光盾把那些彈幕彈開。

可是，他光是防禦就已經竭盡全力。

他完全無法反擊，而且還逐漸受到壓制。

「喔喔喔！」

改變這個局面的人，是從漆原同學背上一躍而下的哈林斯。

他一邊朝老爺子的頭頂墜落，一邊往下揮劍。

老爺子用剛才對付山田同學的短距離轉移逃了。

他把自己轉移到山田同學背後。

山田同學與哈林斯重新擺好架式。

第二回合要開始了。

只不過，老爺子頭上的漆原同學以及騎在她背上的大島同學，也都做好隨時能發動攻擊的準備了。

一對四。

就算這位老爺子很厲害，要同時對付這麼多人也很困難。

老爺子本人似乎也明白這點。

「哎呀，看來是打不贏了。不打了不打了，我要撤退了。」

他一邊這麼說，一邊發動轉移逃走了。

這次不是用短距離轉移，而是普通的轉移。

在用短距離轉移避開哈林斯的攻擊後，他就開始建構轉移了。

打從那一刻開始，他就已經知道自己沒有勝算了吧。

……咦？

所以那位老爺子到底是來做什麼的？

雖然發生了神祕的老爺子襲擊事件，但山田同學等人還是按照本來的目的，前去營救那些即將被處決的人。

對山田同學等人來說，老爺子襲擊事件是個意外，對我來說也是如此。

那傢伙到底是來做什麼的……

山田同學一行人在杳無人跡的王城裡探索。

也許是懷疑這是陷阱，他們的腳步很慎重。

可是，其實這裡根本沒有什麼陷阱。

因此，他們很順利地抵達了王座大廳。

在那裡等待著山田同學等人的，是坐在王座上的第一王子薩利斯。

而王國對外宣稱說要處決的第三王子列斯頓與公爵夫妻，以及名叫克雷貝雅的大嬸，則在他面前排成一列。

那位名叫克雷貝雅的大嬸，原本是負責照顧山田同學的女僕。

雖然這位大嬸的體格以女僕來說實在太過魁梧，但她以前好像是位女兵。

因為她在那場叛亂中跟列斯頓一起被抓到，我就順便把她擺在這裡了。

劊子手們都已經站在他們背後待命。

這些劊子手在山田同學等人來不及阻止的時間點揮下劍，把第三王子等人的腦袋砍了下來。

山田同學急忙衝上前去，發動了某個技能。

那就是死者復活技能——慈悲。

在我暗中觀察的過程中，第三王子等人成功復活了。

還真是輕而易舉。

人的生死好像變得不算什麼。

神的力量就連生死都能操控。

我彷彿得以窺見Ｄ那毫無道理的強大力量，總覺得有些不安。

我也不是沒辦法復活死者。

只不過，只有在存在著系統的這個世界才能辦到。

那是只有在生死的概念與其他世界不同的這個世界才能使用，有條件限制的力量。

在沒有系統的世界復活死者那種事情，我無論如何都辦不到。

而Ｄ卻從無到有打造出了這樣的系統。

雖然我在成神前就看不到她的實力上限，但成神後也還是完全看不到。

這實在是太可怕了。

那明明就是一種奇蹟，山田同學卻能只付出少許代價就使用那種能力。

他並不曉得那是多麼誇張的事情。

那可不是只付出提升禁忌的技能等級這樣的代價就能辦到的事情。

更何況，要是這麼容易就能讓人復活，我的求生意志也不會那麼強烈了。

嗯～

雖然要是山田同學的MP不夠用，我也會很傷腦筋，才把人數控制在四人，但好像可以讓他再多復活幾個人。

看樣子山田同學還沒把禁忌的等級練滿。

不過，他的禁忌等級應該還是提升了四級，我這次並沒有白忙一場。

而且讓山田同學把禁忌練滿並不是我的主要目的。

話說回來，這場實驗本身就已經不是我的主要目的了。

就算以失敗收場，我也不會太過在意。

更何況實驗還成功完成了。

我觀察復活後的第三王子的靈魂。

嗯。

波狄瑪斯的靈魂被剝除了。

光是知道只要讓人死過一次，就能剝除波狄瑪斯的靈魂，就已經足夠了。

這場實驗的目的，就是確認先殺掉被波狄瑪斯寄生的人再讓他們復活會發生什麼事情。還有調查其結果。

我有猜到依照系統的設計，技能的影響不會殘留在死者的靈魂上，而這場實驗證明了我的推測。

也就是說，只要先把人殺掉再重新復活，就能讓人逃離波狄瑪斯的支配。

雖然這是相當強硬的手段，但這樣要是發生什麼意外的時候，我就多了一個能把老師從波狄瑪斯的魔掌救出來的手段。

……不過，這樣就得先殺死老師一次才行，如果情況允許，我並不想用到這種手段。

而且這次不是使用妖精，而是使用人族做實驗。

人族應該不算是波狄瑪斯可以支配的眷屬，就算他想要寄生，應該也得費上相當的工夫。

也就是說，也有可能出現人族只要殺一次就行，妖精卻不行的狀況。

看來還是把這當成最後的手段比較好。

既然目的已經達成，再來就只剩下目送山田同學等人平安逃走了。

「修，為了保險起見，你先去確認一下轉移陣的狀況吧。不過我猜轉移陣應該已經被破壞掉，變得無法啟動了。我留在這裡照顧列斯頓他們。」

「我明白了。」

看來山田同學等人都去確認轉移陣的狀況了

轉移陣是這個世界的重要移動手段之一。
用那個就可以在一瞬間抵達另一個大陸，想也知道非常方便。
若想不靠轉移陣前往另一個大陸，就只能越過充滿水龍的大海，或是穿越艾爾羅大迷宮。
橫越大海是不可能的任務，所以實際上只剩下艾爾羅大迷宮這條路可走。
山田同學等人前去確認轉移陣的狀況。
我當然早就派夏目同學把轉移陣破壞掉了。
我不會讓他們這麼容易就前往另一個大陸。
不過，那傢伙會說出那種話，恐怕不只是為了保險起見，也是因為想要暫時自由行動吧。
我躲藏的房間的門被打開了。
連門都不敲，實在很沒禮貌。
「妳做的事還真是沒品。」
而且走進來的第一句話就是批評。
他生氣了嗎？
應該生氣了吧。
證據就是，他一屁股坐在我對面的椅子上這個動作既隨便又粗魯。
「居然讓尤利烏斯的師父羅南特大人跟尤利烏斯的弟弟修對戰……雖然這種安排很有戲劇性，但妳也考慮一下當事者的心情吧。羅南特大人是懷著什麼樣的心情選擇撤退，難道妳不明白嗎？」

不，你跟我說這個，我有什麼辦法？

畢竟是那位老爺子擅自跑來這裡的。

我不知情。這跟我無關。我是被冤枉的。

為了表示我不接受他的抗議，我無視他繼續喝茶。

「那可不是人類該有的行為。」

啊……真是不好意思。

今生與前世的我都不是人類。

可是，被他說得好像我是什麼惡鬼羅剎，我也聽得有些不舒服。

受人誤會還被說得這麼難聽，就算是我也會生氣。

「黑的行為也不像個神。」

所以我出言反擊。

我對坐在對面這位名叫哈林斯的人類，也就是邱列邱列的分體這麼說。

「沒錯，我自己也是這麼認為。妳明明是個新來的，卻比我還要像個神。」

說完，邱列邱列深深地嘆了口氣。

「我非常清楚。關於這件事，不管我說什麼都只是在遷怒罷了。我明白妳們前進的道路是最好的選擇，但就算心裡明白，我還是無法壓抑這種感情。」

他如此感嘆。

畢竟他不得不對前任勇者尤利烏斯這位青梅竹馬見死不救，還看到好友的弟弟嘗盡各種苦頭，心裡應該會對此感到羞愧吧。

不過，那不關我的事。

像他這種在管理世界的同時還跟勇者一起玩正義夥伴遊戲的傢伙，不管說什麼都與我無關。

「確認到復活造成的乖離了。」

所以，我無視邱列邱列的情感問題，只進行實務報告。

「是嗎？如果沒辦法造成乖離的話，就非得再次解決掉那些傢伙不可，這真是太好了。」

邱列邱列露出發自心底鬆了口氣的表情。

因為他以哈林斯的身分，跟第三王子有過不少交流。

當然應該會想留他一命。

我也不喜歡無謂的殺生，能夠不殺當然最好。

「這樣看來，說不定也該讓他復活那位國王。」

可是，接下來這句話我就無法贊同了。

因為那等於是想要拯救所有能夠拯救的人。

那種事情根本不可能辦到。

「我知道，妳想叫我別太偏袒對吧？我已經把一切都託付給妳們了，所以不會干涉妳們的做法。」

「那就好。」

可是你剛才明明就有抱怨！

我會忘記這件事的。

記得感謝溫柔的本小姐喔。

「接下來是妖精之里啊……」

正是如此。

我們正朝向那裡移動。

「畢竟動手的人是妳們，所以我不擔心。不過，那傢伙活了這麼久也不是白活，千萬別掉以輕心。」

感謝你的忠告。

那種事情我非常明白。

我們可是做足準備才去挑戰的，絕對不可能戰敗。

差別只有損失的多寡而已。

我們也早就做好覺悟，決定全力出擊了。

不過，想到要是失敗的話，教皇會怎麼報復，我就覺得害怕。

「修他們差不多要回來了，我先告辭。」

說完，邱列邱列就走出房間了。

只要有那個男人負責保護山田同學等人，就不可能發生什麼意外。

正因為如此，我才能放心地去做自己的工作。

山田同學等人絕對不會喪命。

就算有人死掉，只要那個男人認真起來，也能跟我一樣讓死者復活。

那個名叫哈林斯的男子是邱列邱列的分體。

更正確的說法是，邱列邱列把自己的部分靈魂，移植到了胎死腹中的王國貴族兒子體內。

雖然有著神的靈魂，但身體卻是貨真價實的人類，所以不但會有所成長，成長也會反映在能力值上。

不過，因為他能透過靈魂使用邱列邱列的部分力量，所以只要認真起來，就能使用神的力量。

由於身體是跟邱列邱列毫無關聯的人類，他們長得一點都不像。

邱列邱列好像會偶爾像這樣製造分體，混進人類社會進行活動。

我不曉得他這麼做的目的。

我猜八成是打發時間，或是混進人類世界沉浸於感傷之中這類無關實際事務的理由吧。

這是管理世界所不需要的事情。

就只是場遊戲罷了。

只不過，就算只是場遊戲，也還是會產生感情。

他跟勇者尤利烏斯是好朋友，兩人一起同甘共苦。

而我殺掉了尤利烏斯。

邱列邱列的心情應該很複雜吧。

即使他心裡明白那是無論如何都得做的事情。

也許就是因為這樣……

他才會那麼關心山田同學。

邱列邱列也許是想贖罪吧。

為對他哥哥見死不救這件事贖罪。

邱列邱列會對他過度保護，甚至像剛才那樣為了一點小事跑來向我抱怨，都是因為這個緣故吧。

話說回來，要我考慮別人的心情啊……

那位老爺子是因為對手是徒弟的弟弟，才故意說了「打不贏」就撤退嗎？

難道那位老爺子也會有那種感傷的心情嗎？

原來如此……

……不對，這樣果然很奇怪吧？

為什麼一個擅自跑來挑戰山田同學的傢伙，又要擅自因為感傷撤退？

這也未免太奇怪了吧。

……那位老爺子到底是來做什麼的？

我果然還是無法理解人類的想法。

## Ronandt Orzoy

# 羅南特‧歐羅佐

本名是羅南特‧歐羅佐。他是連克山杜帝國的首席宮廷魔導士。與劍術最強的前任劍帝齊名，號稱魔法最強的羅南特是人族最強的魔法師，也是罕見的空間魔法高手。見識到迷宮惡夢展現出的壓倒性實力差距，讓他領悟到自身的極限，之後他就致力於培育徒弟，教出了許多出色的魔法師，勇者尤利烏斯便是他的頭號徒弟。因為由古的命令，他加入了妖精討伐軍，並且注意到由古身旁的神祕少女蘇菲亞，隱約察覺事情有些可疑。

## 幕間　教皇與管理者的在宅酒會

深夜時分，我結束一天的工作，走向自己的房間。

因為整天都坐著辦公，我現在全身上下都很僵硬。

雖然治療魔法可以暫時緩解肩膀僵硬與腰痛的症狀，卻無法徹底根治。

我已經上了年紀。

這種疼痛八成會一直陪伴我直到死亡為止吧。

我過去的人生也是如此。

我突然想起過去那些不斷重來的人生。

一旦開始回想那些人生，各種回憶便像昨天才剛發生般浮現於腦海。

那時的我一帆風順。

但那時的我失敗了。

我會變得有些感傷，應該是因為即將迎來過往人生中最令人激動的時代吧。

我能清楚感覺到終點逐漸接近。

至於那是不是我所追求的終點，就不是我能知道的事情了……

走進自己的房間後，我拿起房裡收藏的酒瓶。
我很久沒有喝酒了，但今天正好想喝。
「可以準備兩個杯子嗎？」
身後突然傳來這樣的聲音。
我嚇了一跳，回頭一看，發現黑龍大人優雅地坐在沙發上。
「……如果要來找我，可以麻煩您至少先敲個門再進來嗎？老人家的心臟可受不了驚嚇。」
「你那鋼鐵般的心臟不可能因為這種小事就停住吧。」
黑龍大人微微一笑，對我的抗議充耳不聞。
平時總是眉頭深鎖，露出痛苦表情的他難得會擺出這種態度。
我按照黑龍大人的要求，準備了兩個杯子，在他的對面坐下。
兩個杯子裡都倒滿了酒。
雙方同時默默地舉杯輕碰。
房裡響起酒杯對撞的清脆聲響。
把酒稍微倒進嘴裡，芳醇的香氣便鑽進鼻孔。
「真是好酒。」
「這可是我的珍藏。」
這是我為了在值得慶祝的時刻享用，從好幾代以前就保存至今的酒。

雖然值得慶祝的好事還沒發生，但我覺得就算開封它應該也無所謂了。

總覺得要是錯過這次機會，就再也沒時間開來喝了。

我們有好一段時間都在享受美酒的滋味。

在這段期間，我和黑龍大人默默地慢慢品酒。

喝完第一杯後，我起身準備簡單的下酒菜。

為了盡量避免破壞美酒的滋味，我準備了口味平淡的下酒菜。

雖然一般人都偏好口味濃厚的下酒菜，但應該無所謂吧。

對身為神的黑龍大人來說，進食這種行為並沒有多大的意義。

而且雖然他變成了人類的型態，但味覺並不見得與人類相同。

既然如此，那我準備自己喜歡的下酒菜，應該也不算失禮吧。

更何況，他今晚還是不請自來的客人。

為自己找了這樣的藉口後，我用自己愛吃的起司做成下酒菜，擺在桌上。

黑龍大人毫不介意地把手伸向下酒菜，放進嘴裡咀嚼。

「哦。」

看來他似乎很喜歡。

吃了一口後，他立刻吃了第二口。

「真不愧是教皇，吃的東西都很不錯。」

看來黑龍大人也懂人類食物的好壞。
雖然我們已經是老交情了，但我直到現在才發覺，自己原來連這種事情都不知道。
仔細想想，我跟這位大人向來只有工作上的交流，從未說過私事。
因為沒有那麼做的必要。
雖然這位大人對我來說並非敵人，但也不算是同伴。
這點對黑龍大人來說也是一樣吧。
即使有著拯救世界這個共同目的，最後想要拯救的對象也不一樣。
我是人族。
黑龍大人是女神大人。
如果想要拯救我們想要拯救的對象，大前提就是要先拯救世界。
換句話說，拯救世界只不過是過程罷了。
既然如此，就算我和黑龍大人想要的最終結果有所不同，也不是什麼不可思議的事。
正因為有著這種差別，我和黑龍大人才會無論如何都無法算是真正的同伴。
更何況，黑龍大人打從一開始就有怨恨我的權利。
沒錯，他有權利怨恨我這個為了人族捨棄女神大人的傢伙。
正因為有著這份愧疚，我才無法依靠黑龍大人，而黑龍大人也不會想要和我聯手。
事實上，從我們都不曉得彼此的喜好這點，就能看出我們的交情有多麼淺。

「我很喜歡吃起司。」

「是嗎？」

這或許是我跟這位大人靜下心來好好交談的最後機會了。

也許就是因為這樣，我很自然地開始說起自己的事。

「為了讓社會發展到這種地步，我可是費了不少力氣。在系統剛開始運轉時，甚至連細菌都受到了影響，結果過去的製作方法都做不出起司了。」

「有這種事？」

黑龍大人似乎不曉得這種小事，露出驚訝的表情。

「有好幾個世代都吃不到起司，讓我感到很寂寞呢。」

「……這麼說來，有些酒好像也受到了影響。」

「沒錯。雖然已經釀好的酒不受影響，但卻變得無法釀造新酒了。」

「我還記得有人為此搶奪酒，真令人懷念。」

真的很令人懷念。

如果沒有紀錄這個技能，我應該記不住那麼久遠的事情吧。

當時全世界剛因為系統而改變，局勢極度混亂，為了不被那個漩渦困住，我苦苦掙扎。

雖然現在的我已經可以回顧過往，檢討自己是否還能做得更好，但當時的我光是要應付眼前的問題就已經竭盡全力，沒有餘力把目光放得更遠。

因為這個緣故，妖精族才得以趁機興起，讓我為了這個留存至今的負面遺產悔恨不已。
雖然不想承認，但波狄瑪斯確實是個天才。
在系統剛開始運作的混亂時期，他比任何人都看得更遠，讓妖精族這自己的棋子混進人族之中，並且建立出一種認知。
那就是妖精族是人族的同伴。
當時甚至連我都把這來路不明的神祕種族當成同伴。
妖精族不但擊敗出現的魔物，還鎮壓化為暴徒的民眾，跟人類站在一起，致力於幫助人類。
他們跟魔物一樣突然出現，讓我以為他們是系統創造者賜予的一種幫手。
我想起當時那位喜歡玩遊戲，把妖精族形容成幫手的祕書。
「我們明明對神做出無法原諒的事情，神卻沒有捨棄我們。」
說完，他還眼眶泛淚。
他相信妖精族是神的使者，對他們懷有敬意。
要是知道妖精族是那個波狄瑪斯的走狗，他會露出什麼表情呢？
那個名叫波狄瑪斯的男人就是如此惡毒。
可以若無其事地做出踐踏人心的事情。
想到這裡，我忍不住自嘲。
我自己不也執行過若無其事踐踏人心的政策嗎？

不管是波狄瑪斯還是我，就這層意義上來說毫無分別。

「……我們當時都還太年輕了。」

黑龍大人對陷入沉思的我這麼說。

口氣中充滿對過去的懷念，以及對過去的懊悔。

「是啊。我鑄下的大錯，只用一句年輕不懂事就一筆帶過，實顯太過輕率了。」

我脫口說出這句話。

明明是自己說出口的話，我卻為此感到驚訝。

想不到我居然會不小心說出這句一直深藏在心中，卻絕對不會說出口的話。

「……你後悔嗎？」

黑龍大人試探般地如此詢問。

稍微想了一下後，我坦白說出一直藏在心底的想法。

「當然後悔。我一直都很後悔。」

我很後悔。

我很清楚自己當時的選擇是錯的。

可是，我還是做出了那樣的選擇。

為了拯救人族，我犧牲了女神大人。

而既然我做出了那種選擇，就有義務把那件事情完成。

即使明知那是個錯誤的選擇，既然已經做出決定，我就有著非得拯救人族不可的義務。
不管還要犧牲什麼，都只能堅持到底。
既然已經犧牲了女神大人，我就沒有其他路可走了。
如果我沒有堅持到底，那女神大人的犧牲就太不值得了。
不惜犧牲女神大人也要成就的事情，絕對不能中途放棄。
「我曾經想過許多次，如果我當時做出不一樣的選擇，現在會變得如何？」
我自嘲地笑了笑。
不管我怎麼想，過去都不會改變。
那只不過是妄想罷了。
即使如此，我還是會這麼想。
其實我可以跟黑龍大人與愛麗兒大人聯手面對苦難。
我不是還有這條最理想的路可走嗎？
「可是，就算想那些也是無濟於事。」
「不，別這麼說。」
我為了斬斷自己的膚淺妄想而說出這句話，卻被黑龍大人否定了。
「因為我也跟你一樣。」
說完，黑龍大人面帶微笑喝了口酒。

「我也想過許多次。難道我當時不能做得更好嗎？難道就沒有其他做法了嗎？」

原來如此……

這位大人應該也很後悔吧。

「可是，我不管怎麼想都找不到答案。難道你不也是一樣嗎？」

我沒有回答，而是閉口不語，面露苦笑。

他完全說中了。

不管怎麼想，我都找不到答案。

可是，在百般思考後，我還是無法擺脫「說不定現況就是最好的結果」這樣的想法。

這種話絕對沒辦法在黑龍大人面前說。

為什麼我會這麼想？

如果凡事都能順利進行，我應該也沒辦法做到這種地步吧。

正因為心中有著那種極為強烈的悔恨，我才能嚴格要求自己做到這種地步。

如果沒有那種心情，我恐怕很快就會放棄、認輸了。

如果我放棄、認輸了，波狄瑪斯的勢力應該會比現在還要強大。

我自認自己是對抗波狄瑪斯的一大功臣。

要是我變成放棄反抗命運的廢人，波狄瑪斯肯定會更加恣意妄為吧。

那男人是個行事謹慎的膽小鬼。

就算沒有我這個人，他應該也會畏懼黑龍大人，沒辦法做出無法無天的事情，但有沒有我這個人存在，還是會有很大的差別。

他應該會小心不讓黑龍大人發現，偷偷伸出他的毒手。

那傢伙最擅長到處暗中搞鬼了。

正因為我一直跟他在檯面下交手，才能如此斷言。

就這層意義上來說，波狄瑪斯最近的行動很不像他的作風。

他的動作實在太大了。

因為那些名為轉生者的異物，這個世界確實無可避免地動了起來。

可是，就算是因為這樣，我還是覺得波狄瑪斯的動作有些太大了。

雖然我一直以為那是轉生者出現造成的結果，但那個慎重到病態的男子，真的會只因為這樣就做出那麼大的動作嗎？

而且他每次的行動都被愛麗兒大人出手阻礙，以失敗收場。

這一點都不像他的作風。

雖然那個男人有著「挨打就一定要討回來」這種有些幼稚的個性，但就算考慮到這一因素，他最近的行動也還是太過笨拙了。

我曾經懷疑那也是他計策中的一環，但那傢伙受到的損失實在太大了。

彷彿他正為了某件事感到焦急一樣……

雖然不曉得原因，但多虧了這樣，局勢正朝著對我方有利的方向發展。

這應該是值得高興的事情吧。

想到終於可以斬下那個男人的首級，我就感到喜悅與一抹寂寥，以及戰鬥終於要結束的虛脫感。

這或許是該大肆慶祝的場面，可惜我有點太老了。

我不是指肉體，而是精神。

由於這場戰鬥實在打了太久，讓我心中的寂寥感大過成就感。

「……波狄瑪斯也終於要完蛋了吧。」

「是啊。」

黑龍大人也感慨地把酒一飲而盡。

「可是，你還是改不掉那種說話脫線的老毛病。」

當我往黑龍大人的杯子裡倒酒時，他面帶苦笑地這麼說。

聽到他這麼說，我才發現自己好像又說話亂跳了。

「我的老毛病又犯了嗎？」

「不過，你腦袋裡的思緒應該是連貫的對吧？」

「……我自認已經很小心了。就只有這個壞習慣，不管我轉生多少次都改不掉。」

我好像有著一旦開始思考，就會把周圍的事情都拋到腦後的壞習慣。

因為我會想到什麼就說什麼，所以聽我說話的人會覺得我說話亂跳。

就跟黑龍大人說的一樣，雖然我腦袋裡的思緒是連貫的，但如果沒有說給對方聽，對方就會覺得我好像突然改變話題了。

「不過，要是你把心裡的想法都說出來，不管有多少時間，應該都不夠用吧。」

「是啊。先不論時間的問題，我的喉嚨應該會先撐不下去吧。不，我應該會先咬到自己的舌頭才對。」

「有道理。」

我每時每刻都在發動思考加速這個技能，能在短時間內思考非常多事情。

如果要把那些想法都說出來，說話的速度恐怕得非常快才行。

我八成會說得口齒不清，還會咬到舌頭。

想像著自己的那種蠢樣，我忍不住小聲笑了出來。

「教皇也威嚴掃地了呢。」

「就是說啊。就算會給身邊的人添點麻煩，我果然還是別隨便開口說話比較好。」

說完，我們兩人相視一笑。

這種感覺還真是不可思議。

沒想到我竟然會跟黑龍大人這樣互相說笑。

「對了，您這次前來找我，到底所為何事？」

可是，我們也不能一直沉浸於這種和樂融融的氣氛之中。

雖然我知道會破壞氣氛，還是把話題拉回正題。

「那傢伙已經完成在亞納雷德王國的各種工作了。這樣我們應該就沒有後顧之憂了吧。」

「是嗎。」

黑龍大人口中的那傢伙，應該就是白大人吧。

她是最近幾年一直跟隨愛麗兒大人的轉生者之一。

同時也是造成這股巨大歷史潮流的元凶。

「如果是她的話，應該不會失手吧。」

「哦，沒想到你對那傢伙的評價這麼高。」

「這也是理所當然的事吧。畢竟她可是在這個一直停滯不前的世界掀起巨浪的人。」

「巨浪啊……這個比喻還真妙。」

說實話，我覺得用巨浪來形容還算客氣。

那是足以淹沒一切的海嘯。

一直停滯不前的這個世界，彷彿被那道海嘯的威力徹底洗刷過，變成了一片空地。

「波狄瑪斯也終於要完蛋了。」

然後，我重新提起剛才的話題。

一旦白大人出手，那個糾纏不休的波狄瑪斯恐怕也要完蛋了。

「這可難說，畢竟對手是那個波狄瑪斯，他也很有可能反過來擊退那傢伙。」
「不，那是不可能的。」
我敢如此斷言。
我和波狄瑪斯鬥爭了這麼久，早就摸清了他的實力。
還沒完全展現實力的白大人以及波狄瑪斯。
誰會獲勝是非常明白的事情。
黑龍大人應該也明白這點。
「對白大人來說，波狄瑪斯只不過是個里程碑罷了。」
「我想也是。」
黑龍大人也同意我的想法。
對白大人來說，波狄瑪斯只不過是為了達成最終目的的里程碑罷了。
波狄瑪斯是她達成最終目的的阻礙，所以才要除掉。
她的想法就只有這麼簡單。
而她的最終目的是讓系統崩壞。
「……黑龍大人，讓系統崩壞，利用其能源讓世界再生這種事情，你覺得真的有可能辦得到嗎？」
我從黑龍大人口中聽說過白大人的目的與其手段。

雖然我當時也問了同樣的問題，但我還是要再問一次。

「理論上應該有可能吧。」

而我得到的回答就跟過去聽到的一樣。

理論上……應該……從這些不明確的詞彙便可得知，黑龍大人應該也沒有絕對的把握。

「畢竟這事關全世界的命運。如果要我把所有人的命運託付給沒有得到確切證據，類似賭博的手段，實在有點……」

「這我明白。聽到那個計畫以後，我也不是毫無作為。」

黑龍大人有些不耐煩地揮了揮手。

「我做過各種調查，結果還是無法得到確切證據。畢竟我沒辦法對系統做太多干涉，既然不清楚系統的全貌，那就無論如何都需要靠預測來補足。」

嗯，有道理。

不管是任何事情，如果想要預測結果，就必須把握能作為判斷材料的一切現象。

如果不清楚系統的全貌，想要完全預測系統相關現象的結果，就是不可能的任務。

「如果讓我在這個基礎上做判斷，藉由讓系統崩壞使這個世界再生這種手段，我認為成功的機率相當高。」

「根據是什麼？」

「根據就是我大致估算出來的系統全體能源量，超過了讓世界再生這個目標所設定的數值。

如果把負責讓世界再生的部分去掉不算，我猜應該會很接近目標數值才對。」
「那也只是推測吧，這其中也包含了你一廂情願的想法。」
「這也是無可奈何的事。可是，不管怎麼想，能源都不夠用的情況，確實不會發生。」
如果是黑龍大人計算過的結果，那應該可以信任才對……
「可是，比起那種客觀事實，我覺得那傢伙已經得到確切證據這件事才是最好的答案。」
「你這話是什麼意思？」
「我是說，那傢伙已經找到方法了。而且那個方法還是系統的正式功能。」
聽到黑龍大人這句話，讓我在一瞬間停止了思考。
系統中已經具備那種功能？
這不就代表讓系統自我毀滅這個手段也是一種正當的攻略法嗎？
「這也不是什麼不可思議的事情。系統還有許多連我都不知道的功能，為什麼你能斷言其中沒有那種功能？」
經他這麼一說，好像真的是這樣沒錯。可是，把自我毀滅這種選項設定為正當攻略法之一，到底是在想些什麼？
實在讓人懷疑系統製作者是不是瘋了。
「更何況，系統的存在本身已經完全不合常理了。事到如今，就算多出一兩個不合常理的功能，也沒有太大的差別吧？」

「……有道理。」

雖然不想批評讓我們得以存活的系統，但這種逼人互相殘殺，回收死去生物所擁有的能源的做法，也確實不合常理。

「我認為支配者的相關權限中可能有著某種祕密。」

「支配者……？」

所謂的支配者，就是指擁有跟我的節制一樣的七美德技能，或是跟愛麗兒大人的暴食一樣的七大罪技能，並且確立了支配者權限的那些人。

只不過，除了得擁有那些技能之外，還得確立支配者權限，才能成為一名支配者。

支配者可以得到一些恩惠，還被允許對系統稍微進行干涉。

「可是，支配者權限之中沒有那種功能吧？」

我也是支配者之一。

對於支配者擁有的權限，我非常熟悉。

其中應該沒有讓系統自我毀滅的相關項目才對。

「有沒有可能是只有一個人就無法發動呢？比如說，必須所有支配者都到齊，在特定地點採取特定行動之類的。」

我無法斷言沒有這種可能。

支配者幾乎不曾互相合作。

畢竟其中三名支配者一直處於敵對關係。

那就是我、愛麗兒大人與波狄瑪斯。

至於剩下的支配者，則甚至很少誕生在世上。

七美德與七大罪的所有支配者齊聚一堂這種事，只存在於那個系統剛開始運作時的動亂時代。

當時的支配者們也都分屬不同陣營，不曾團結一致。

換句話說，支配者們連一次都不曾團結起來。

就算那種未知的狀態本身就是某種特殊條件，我也無從確認。

而說到那個特定地點，我倒是心裡有底。

那就是艾爾羅大迷宮最深處。

也就是那位初代怠惰支配者窮盡一生完成的大迷宮深處。

如果有那種地方，就只可能是那裡了。

「畢竟那傢伙這幾年好像一直很努力地要讓人取得支配者技能。」

「是這樣嗎？」

原來還有這麼一回事。

如果是這樣的話，那或許就不能說黑龍大人的推測有誤了。

「可是，如果是這樣的話，擊敗波狄瑪斯不就會造成反效果了嗎？」

波狄瑪斯也是支配者之一。

如果需要支配者全員到齊的話，就代表也需要那個傢伙。

「那傢伙應該不可能沒考慮到這點吧。她應該已經想好對策了，至於那是什麼樣的對策，我就不得而知了。反正就算讓波狄瑪斯活命，他也不可能配合。」

「原來如此。既然波狄瑪斯只會礙事，那就乾脆把他解決掉對吧？」

波狄瑪斯不可能會協助我們。

既然如此，與其浪費力氣試著說服他，倒不如直接把他排除掉，嘗試其他手段要來得更有意義。

「可是，如果是這樣的話，那她下一個要排除掉的不就是我了嗎？」

雖然我半開玩笑地這麼說，但我總覺得應該就是這麼回事。

早在聽到黑龍大人今天這番話以前，我就有料到這樣的情況了。

對愛麗兒大人來說，礙事程度僅次於波狄瑪斯的人是誰？

不用想也知道是我。

而神言教已經弱化到前所未有的程度。

在十多年前的古代機械兵器復活事件中，我損失了許多士兵。

在那個就連愛麗兒大人與波狄瑪斯都暫時聯手的事件中，神言教的戰力大幅衰退了。

雖然神言教的戰力在這十幾年已經恢復了不少，但還不足以完全填補失去的戰力。

我失去了許多當時前途無量，要是能活到現在，將會變成經驗豐富的老練戰士的年輕人。

由於那個年代的士兵人數變得太少，讓我目前只能硬是留住早就該退休的老兵，並且提拔菜鳥來填補空缺。

可是，這支軍隊也因為先前的大戰瓦解了。

即使事前就知道會戰敗，神言教也不能完全不派出援軍，所以我把為數不少的士兵派去帝國，而且全都有去無回。

雖然我知道想用戰力對抗愛麗兒大人她們是無濟於事，但神言教的戰力確實變弱了。

此外，我宣布冒牌貨為勇者，還硬是替帝國軍的遠征進行了安排，做了不少相當亂來的事。

雖然各國還不曉得勇者是個冒牌貨，但要是事跡敗露的話，神言教應該會權威掃地吧。

勇者的存在對人族來說就是這麼重要。

而且要是被人發現那支由我安排通過人族領地的帝國軍其實是魔族，神言教就完蛋了。

雖然這一切都是為了擊敗波狄瑪斯所必須做出的犧牲，但如果愛麗兒大人提出這些要求，同時也是為了讓神言教權威掃地的話，那她們的最終目的應該就是我的首級吧。

不過，即使明知如此，我還是答應了愛麗兒大人的所有要求。

「……這樣好嗎？」

「嗯。考慮到神言教的用途，現在應該正是時候吧。因為猶豫不決而錯失跟上世界潮流的良機，才是絕對不能發生的事。」

這個世界現在正在出現巨大的變動。

而神言教也不可避免地置身於那股巨大的洪流之中。

神言教已經無力抵抗這股巨大的洪流了。

既然如此，那就只能讓那股洪流加速了。

即使神言教會被那股洪流的力量沖垮亦然。

所謂的神言教，就是只為了守護人族而存在的宗教。

既然如此，為了守護人族而懷抱著大義滅亡，也不是一件壞事。

「為了人族，也為了波狄瑪斯死去後應該會到來的動亂時代，我要讓神言教化身為邪惡的一方，讓人族團結起來。我已經做好準備了。」

如果要讓人族團結一致，需要的東西是什麼？

答案就是顯而易見的邪惡。

自身的憤怒、悲傷、憂愁……

一個可以讓人宣洩這些情感的對象。

對社會大眾來說，自己才是正義的一方這種想法，才是能讓他們團結一致的引線。

既然如此，為了把人族團結在一起，神言教也能化身為邪惡。

「……你的那種行事作風還真是做得有夠徹底。」

「我不得不做得這麼徹底，因為我甚至沒有贖罪的資格。」

贖罪這種事情，對我來說實在是太可笑了。
我根本沒有資格贖罪。
正因為沒有資格贖罪，我才必須貫徹始終。
一切都是為了人族。
就只是為了這個目的。
我就是為此捨棄女神大人的。
既然如此，就算要我為此犧牲一切，甚至與神明為敵，我也會做給你看。
「……你那種毫無迷惘的態度，讓我有些羨慕。」
「……」
在我看來，您比較讓人羨慕。
因為您是能跟女神大人站在一起的人。
雖然心裡這麼想，但我並沒有說出來。
黑龍大人也有他的苦衷，也跟我一樣有著煩惱。
「我們兩個的人生都過得不太順遂呢。」
「就是說啊。」
在那之後，我們整晚都聊著毫無意義的事情。
雙方都察覺到這應該是我們可以一起靜靜喝酒的最後機會。

不管愛麗兒大人的計畫是成功還是失敗，動亂的時代都會到來。

這不是預感，而是確信。

為了讓人族到時候還能存活下來，我將會全力以赴。

因為那是我唯一有資格去完成的義務。

# 6 監視勇者一行人的工作

完成第三王子等人的復活實驗後，我在亞納雷德王國也無事可做了。

雖然王國內部還很混亂，但那不關我的事了。

國王死了，第一王子也變成廢人，第三王子等人則涉嫌反叛。

簡直就是悽慘絕倫的宮鬥劇呢。

王位爭奪戰眼看就要爆發了！

雖然安排這一切的人是我就是了。

我要讓山田同學完美地被捲入其中。

雖然我是這麼想的，但這時出現了一個問題。

老師清醒過來以後，把夏目同學正率領帝國軍朝向妖精之里進軍的事情告訴他了。

妖精族似乎也跟神言教一樣，有著擁有遠話技能的情報傳遞人員。

雖然在全世界進行的妖精滅絕行動非常順利，但好像還是有不少漏網之魚。

在攻下妖精之里前，得先把妖精全部殺光才行。

我已經把這個任務交給在帝國與王國的工作都已經完成的第十軍了。

雖然他們才剛完成超級繁忙的工作，但這也是個超級重要的工作，只能請他們認命了。

你說我們是黑心企業？

所謂的軍人不就是這樣嗎？

而且如果沒有多出在帝國裡進行的那些工作，我本來就打算讓第十軍到各地獵殺妖精，所以這只能算是回歸正軌。

換句話說，他們會變得那麼忙不是我的問題，都是教皇害的。

那不是我的錯。

更何況，找出躲藏在各地的妖精，把第十軍的人員送去那些地方都是我的工作。

我才是最忙的人！

魔王軍根本就是黑心企業。

我要申請特休。

我彷彿能看到魔王笑著說「不行」的樣子。

真是可惡。

回到原本的話題吧。從老師口中聽說妖精之里陷入危機後，山田同學等人不知為何選擇放著王國的問題不管，跑去討伐夏目同學了。

為什麼？

我無法理解事情為何會變成這樣。

咦？不對，嗯……

不，我很清楚這整件事情的脈絡喔。

人族與魔族現在正在交戰，如果在這種局勢下放著恣意妄為的夏目同學不管，就會演變成全體人族的危機。

就算是因為這樣，難道他就能放著眼前的王國問題不管，跑去討伐夏目同學嗎？

留在王國的第三王子，應該也想把身為正牌勇者的山田同學這個戰力擺在手邊吧？

尤其是在他們可能馬上就要跟第一王子派對決的時候。

雖然第三王子說好聽點是把眼光放得很遠，但這不也等於是說他把眼光放得太遠，沒注意到眼前的問題嗎？

畢竟王國可能馬上就要陷入難以解決的內亂了呀～

被送出國外的山田同學八成也沒想過這個問題……

畢竟當他聽到第三王子說「去吧」的時候，馬上就應了句「那是當然」。

他完全沒考慮到王國的局勢，大概只因為覺得不能放著夏目同學不管，就做出了那種回答。

雖然我希望山田同學繼續留在王國，但結果不知為何每個人都支持他前往妖精之里。

要哈林斯在那種氣氛下表示反對，也未免太為難他了。

如我所料，哈林斯並沒有表示反對，於是山田同學前往妖精之里的事情就定下來了。

真教人不爽。

不過，覺得他們來不及趕在帝國軍之前抵達妖精之里，我確實有些掉以輕心。

我姑且有料到事情可能會變成這樣，便動了一些手腳，讓人無法從達斯特魯提亞大陸前往妖精之里所在的卡薩納喀拉大陸。

靠著神言教的力量！

遇到困難的時候，找神言教幫忙就對了。

真的會得到保佑，非常靈驗。

不過，其實我也沒做什麼大不了的事情。

就只是在各國宣傳亞納雷德王國發生的事情，讓山田同學一行人遭到通緝。

在亞納雷德王國發生的事情，表面上已經變成是山田同學等人殺害國王，意圖奪取王位了。

比起拜託各國別讓山田同學等人使用轉移陣，直接讓他們被通緝要來得省事多了。

畢竟如果要前往另一個大陸，使用轉移陣是最好的手段。

就是為了不讓他們那麼做，我才會破壞掉亞納雷德王國的轉移陣。

如果讓山田同學等人被各國通緝，他們的行動速度也勢必會變慢。

因為沒有照片那種東西，所以一般民眾不會知道他們的長相，但他們應該還是得注意負責維持治安的衛兵等人的目光。

這是我打的如意算盤，但他們卻騎在變成光竜的漆原同學背上，一口氣飛走了。

天啊！

從天上啊！

……不好意思，真是抱歉。我說了無聊的冷笑話，我不該活在這個世上。

能在天空飛行的交通工具，就算是在遊戲裡面，也得等到快破關時才能得到，因為那會讓移動變得非常輕鬆。

在天上飛行可以讓移動過程變得非常順利。

不但不需要在意路怎麼走，也能直接飛越不是很高的山。

在這個真的存在著魔物的世界，為了避開魔物的地盤，道路通常都會繞來繞去。

既然需要繞來繞去，那道路就會變得更長，如果可以無視道路筆直飛行，就能縮短移動的時間。

除了魔物的地盤以外，道路有時候還會受到河川或山這些障礙物的影響，但只要能在天上飛行，就不用在意這些問題了。

他們可以用最短的距離前進。

然後，既然可以用最短的距離前進，需要造訪的城鎮與村莊也能壓到最少。

身分敗露的風險也會降低。

事實上，他們連一次都不曾被人發現真實身分。

真是太糟糕了。

我原本是用他們徒步移動的速度來計算時間，但如果用在空中飛行的速度來重新計算時間的話，他們是不是就能追上帝國軍了？

……那種事情才不會發生呢！

山田同學等人要前往的地方可是那個艾爾羅大迷宮啊！

在艾爾羅大迷宮裡面就不能用飛的了，他們的移動速度應該也會變慢才對。

而且艾爾羅大迷宮結構複雜，面積又寬廣。

一旦迷路了，想要成功逃離非常困難。

所以才會有迷宮領路人這樣的職業。

我已經派出帝國軍的士兵，鎮守在艾爾羅大迷宮的入口了。

而且還把在亞納雷德王國發生的事情以及山田同學等人遭到通緝的事，告訴那些領路人了。

這樣應該就不會有領路人願意替山田同學等人帶路了。

在沒人帶路的情況下踏進艾爾羅大迷宮，就跟自殺沒有兩樣。

這點在艾爾羅大迷宮生活過的我可以保證。

絕對錯不了。

至於前往另一個大陸的其他方法，大概就是直接飛越大海了吧。

那種行為也跟自殺沒有兩樣。

畢竟大海是水龍的地盤。

雖然進化成光竜的漆原同學應該足以對付實力在某種程度的水龍，但要一邊不斷飛行一邊對付水龍，果然還是太亂來了吧。

那可是得在不知道底下什麼時候會有魔物發動攻擊的大海上，不分晝夜飛個不停。

不管是體力還是意志力，都不可能撐住。

我的結論就是，山田同學等人的冒險將會到此結束……

因為實際上這兩種選擇都是自殺行為。

要是他們想那麼做，哈林斯應該也會出面制止吧。

你們就這樣在達斯特魯提亞大陸浪費時間吧。

就是因為這樣想，我才會掉以輕心。

我的分體現在正在偷偷跟蹤山田同學一行人。

而他們目前的所在位置是艾爾羅大迷宮內部。

搞什麼啊！

他們竟然異常順利地找到了領路人，無視於帝國嚴加看守的正面入口，從祕密的海底入口成功踏進迷宮。

這到底是怎麼回事！

山田同學等人找到的領路人，是一位名叫巴斯卡的帥氣大叔。

我總覺得好像在哪裡見過他。

我在思考這個問題時，聽說他似乎是第一個發現蜘蛛時代的我的人。

他不知為何有些得意地告訴山田同學，他當時從我身邊逃走的事情。

這位名字好像快要爆炸的領路人大叔，是因為他兒子曾經替哈林斯帶路過一次，才會認識哈林斯，進而順勢接下帶路的工作。

喂，哈林斯。

都是因為你的緣故，這位優秀的迷宮領路人才會加入！

你要怎麼負責！

這位大叔真的很優秀。

為了探望那些小蜘蛛，我經常跑來這座艾爾羅大迷宮，每次來的時候順便觀察那些人類。

當我觀察那些人類的時候，我發現領路人也有好壞之分。

畢竟有些領路人還會走錯路。

就這點來說，這位大叔連地圖都不用看，就能順利前進，不會迷路。

如果不是相當熟練的領路人，就沒辦法不看地圖替人帶路。

從年齡也能看出他是位老鳥。

多虧有他的幫忙，山田同學等人的旅途可說是一路順風。

山田同學等人的能力值都不差，所以前進的速度相當快。

完蛋，大事不妙了！

再這樣下去，他們突破艾爾羅大迷宮的時間將會提早不少。

雖然必須使用妖精族的隱藏轉移陣才能前往妖精之里，但只要使用據我所知離艾爾羅大迷宮出口最近的轉移陣，他們應該就能趕在帝國軍之前抵達。

啊，順帶一提，妖精族所使用的轉移陣，幾乎都在我的掌握之中。

因為我的分體的諜報能力十分優秀。

如果不是事先就知道，並且保持警戒，想要找到這些只有手掌大小，而且不會被感知技能發現的蜘蛛，是非常困難的事情。

我把數以千計的分體散布到全世界，收集到的情報也同樣的多。

由於我有特別注意要盯好那些妖精，就算他們鬼鬼祟祟地行動，只要偷偷跟蹤，就能輕易找出轉移陣的位置。

畢竟他們也沒辦法完全不進出。

所以，我自認完全掌握了他們在我散布分體後用過的轉移陣。

不過，如果還有他們沒用過的轉移陣，那我就不得而知了。

呵呵，那些妖精應該以為我們不曉得轉移陣的位置吧。

呵呵呵，真是群蠢貨。

「笨蛋，你們不知道轉移陣藏在哪裡對吧？」一那些一直這樣嘲笑別人的妖精，現在反過來被我嘲笑了。

噗……呵呵呵！

不，現在可不是嘲笑那些妖精的時候。

我到底該怎麼阻止山田同學等人？

如果讓他們就這樣順利地前進，帝國軍就會被他們追上。

嗯……

要不要派小蜘蛛去對付他們？

我口中的小蜘蛛，就是那些以前被我的平行意識們生下來的白色蜘蛛。

牠們就類似於用產卵這個技能量產出來的眷屬。

那些傢伙曾經跟平行意識們一起襲擊某座城鎮，後來我把倖存下來的小蜘蛛全都轉移到這座艾爾羅大迷宮了。

之後牠們似乎就在這座艾爾羅大迷宮自力更生了。

我在神化以後曾經突然跑去探望牠們，牠們都很親近我。

看來就算是在神化以後，我也依然算是牠們的生母。

雖然生下牠們的母親其實是平行意識們才對。

而世人似乎把這群小蜘蛛稱作惡夢殘渣。

順帶一提，我的稱號則是迷宮惡夢。

因為牠們是在迷宮惡夢不見後出現的同種類蜘蛛型魔物，人們似乎懷疑我們之間有著某種關聯，就把牠們命名為惡夢殘渣了。

其實根本沒有什麼好懷疑的，我們之間確實有著很大的關聯。

我可以派那些小蜘蛛去對付山田同學等人爭取時間……不行……還是算了吧。

要是跟那些小蜘蛛打起來，山田同學等人會死掉的。

畢竟光是一隻小蜘蛛，就曾經把前任勇者尤利烏斯逼入絕境……

一大堆小蜘蛛都擁有那種實力，而山田同學的實力又沒有贏過勇者尤利烏斯太多，要是我派那些小蜘蛛去對付他，他必死無疑。

如果只論能力值的話，我想山田同學應該比勇者尤利烏斯還要強吧。

可是，他的實戰經驗壓倒性的不足。

而且關於覺悟那類精神方面的東西也不夠強悍。

所以，如果實際拿他來跟勇者尤利烏斯做比較，他們的實力應該差不多，我甚至覺得勇者尤利烏斯比他更強。

不管怎麼說，勇者尤利烏斯畢竟擊敗了那隻女王分體。

可是，憑勇者尤利烏斯的實力，應該無法擊敗女王分體才對，但他卻成功打贏了。

勇者的潛力真是太恐怖了。

我得更加提防身為勇者，還擁有天之加護這個技能的山田同學才行。

嗯～嗯……

可是，我該怎麼做才好？

想要在不殺死山田同學等人的情況下阻止他們，是件相當困難的事情。

我不能讓他們太好過，但又不能殺死他們。

要殺死他們是很容易。

因為還有老師在，我不會那麼做。

話雖如此，如果只是讓他們受點傷，只要用治療魔法治好就沒事了。

沒辦法阻止他們。

要不要乾脆用轉移把他們送回王國？

……不行。

我沒有時間去做那種事。

老實說，我現在忙得要死，沒時間去對山田同學等人做些小動作。

我能做的事情就只有派別人去對付他們，但我在艾爾羅大迷宮裡能動員的人手，就只有那些小蜘蛛。

而要是我隨便向小蜘蛛做出指示，牠們肯定會太過拚命，做出太過火的事情。

牠們先前跑去襲擊勇者尤利烏斯，也是因為不曉得從哪裡聽說我準備在大戰中擊敗勇者，自己揣摩上意後貿然做出這樣的蠢事。

要是我現在叫牠們去讓山田同學等人停下腳步，牠們很可能會去把那些人的腳砍下來，做出讓人一如字面意義停下腳步的獵奇行為，我想到就害怕。

不過，我最害怕的事情，是小蜘蛛可能會太過努力，結果不小心殺死他們。

雖然要是山田同學以外的人死了，還可以讓山田同學復活他們，但這果然還是一件危險的事情，最好還是別做為妙。

老實說，我現在完全沒空，也幾乎沒辦法對山田同學等人做些什麼，還是不要隨便亂出手比較好。

說實話，我根本沒空管他們。

頂多只能像這樣監視他們。

可是，就算只能監視，光是看著山田同學一行人的旅行，其實還挺有趣的。

你問我哪裡有趣？

當然是各種方面都很有趣。

可說是百看不厭。

我只是旁觀，他們就遇到了許多意外。

一下子是漆原同學成功人化。

一下子又爆出漆原同學原來是旱鴨子的事實。

漆原同學人化讓我嚇到了。

我為了進化成女郎蜘蛛，明明費了那麼多力氣，結果她居然那麼輕易就人化了！

從女郎蜘蛛到神化變成完全人型的身體，也不是一件輕鬆的事！

而且我的技能列表中根本沒有人化這種東西！

預設就有人化這個技能的竜真是太卑鄙了！

既然竜有那種東西，那蜘蛛也應該要有才對吧！

雖然蜘蛛跟竜不一樣，沒有固有技能那種東西就是了！

可是，我願意原諒她。

畢竟她之後就被大家發現是個旱鴨子，臉都丟光了。

呵呵，想不到那個不可一世，愛欺負人的漆原同學居然是個旱鴨子。

聽到這種事情，我可以不取笑她嗎？

不！我要笑！

哇哈哈哈哈！

因為我有著被漆原同學欺負的記憶，所以對她沒什麼好感。

雖然實際被欺負的人是真正的若葉姬色，也就是D就是了。

不過，D應該也只把她的霸凌當成是有隻小狗在亂吠吧。

可是，既然我會有這種不高興的感覺，那我猜D應該也不會覺得愉快。

然後，不會游泳的漆原同學就悲慘地在水裡被水龍追著跑，展現出狼狽不堪的模樣。

哎呀，看了真是痛快。

後來她又被水龍的吐息轟飛出去，泳衣變得破破爛爛，引發山田同學的幸運色狼事件，這也是一大笑點。

雖然漆原同學沒把山田同學當成異性看待，但她在衣衫不整的狀態下跟山田同學緊密接觸，還是讓大島同學偷偷瞪了她一眼。

這是在演戀愛喜劇嗎？

我猜在這之後肯定也會經常發生令人臉紅心跳的事件，讓她慢慢愛上山田同學！然後發展成三角或四角關係，演變成愛得死去活來的肥皂劇劇情……

最後會是山田同學被一刀捅死，還是他的愛人會被一刀捅死呢？真教人期待。

不對，等一下……

考慮到山田同學的天之加護技能的效果，是不是會避開肥皂劇路線，繼續維持戀愛喜劇路線，最後自然而然走向後宮結局？

怎麼會有這種既無恥又讓人羨慕的技能啊！

只要想到山田同學身旁的女性都會愛上他，就讓人覺得這個技能真是太可怕了！

實際上，山田同學身旁的女孩子喜歡上他的機率也確實異常的高。

他妹妹算一個，長谷部同學算一個，大島同學也算一個。

漆原同學還沒有，老師也沒有。

那個名叫安娜的半妖精女僕對他的感情也不太像是喜歡。
與其說是喜歡，倒不如說是忠心才對。
如果要說效忠某人也是喜歡的一種，也不能說是不對。
雖然兩者之間有著微妙的差異就是了。
……奇怪？
雖然我只是開個玩笑，但山田同學的後宮還真的慢慢在成形了不是嗎？
雖然因為夏目同學從中作梗，讓這個後宮目前被一分為二就是了。
……這種情況到底有多少部分是天之加護的技能效果的影響？
如果那些女生是因為山田同學本人的人品而愛上他，那倒是無所謂，但如果是因為技能效果的話，那這個技能就真的太可怕了。
像這種難以實際感受到技能效果的技能，在這種時候就很難衡量其效果，讓人很傷腦筋。
難道就連漆原同學被水龍轟飛後的幸運色狼事件，其實也是天之加護的技能效果嗎？
可是，這不就表示山田同學是個暗自希望發生那種事件的悶騷色狼……
呃……算了，他畢竟是個男孩子嘛。嗯……
先不開玩笑了，山田同學一行人的旅程，讓人看了就不知為何有種溫馨的感覺。
該怎麼說呢……就是完全感受不到悲壯感。
最近我身邊都是一些被逼到絕境，渾身都散發出悲壯感的傢伙。

例如努力對抗魔族困境的亞格納、巴魯多、華基斯……
為了拯救人族而創立神言教，一直為此犧牲奉獻的教皇。
被各種問題夾在中間，無處可逃也無能為力的黑。
還有為了拯救女神而挺身奮鬥的魔王。
大家都被逼到退無可退的困境，但還是沒有放棄抵抗。
讓人看了就於心不忍。
而山田同學等人就沒有那種悲壯感。
不過，山田同學等人也背負著不少問題，不是在鬧著玩的。
就算是這樣，他們也還是缺少某種東西。
那就是覺悟。
他們沒有遇過那種需要有所覺悟的無可救藥場面。
他們不像勇者尤利烏斯那樣，覺悟不斷受到考驗，最後依然選擇自己想走的道路。
因為至今都不曾遇到真正的苦難，他們的生存之道無論如何都顯得不夠踏實。
他們還是不要活在這種充滿鬥爭的世界比較好。
勇者尤利烏斯想要保護的，就是這樣的世界吧。
所以，儘管他們本人都很認真面對這件事，卻會讓人想要用溫暖的目光守候他們。
畢竟亞格納那種人讓人看了就難受，而我在立場上又不得不讓亞格納前去送死。

……可是，就算山田同學一行人不適合這種世界，一旦他們抵達妖精之里，就不可能不被捲入其中。

這麼一來，他們應該就不能維持剛才那種溫馨的氣氛了吧。

如果他們被捲入在妖精之里的戰鬥，就會接觸到這個世界的蠻橫之處。

可以的話，我希望他們不用知道那些事情，在一切事情結束以前，安分地待在其他地方。

不過，既然山田同學這麼順利地在往妖精之里前進，就表示他本人應該也是這麼希望的吧。

看到他們一路上這麼順利，實在讓我不得不懷疑這是天之加護的效果。

既然山田同學自己也是如此期望，那不管在終點等待著他的結局是什麼，也只能請他接受了。

即使那不是山田同學期望的結局亦然。

雖然我一下子開心歡笑，一下子又變得有些感傷，讓我自己都想吐槽自己激烈起伏的情緒，但還是有好好監視山田同學一行人的旅行。

而哈林斯似乎也不願意讓山田同學等人抵達妖精之里，獨自策劃了一些阻礙。

當山田同學等人踏進名為艾爾羅大迷宮大通道的區域時，那傢伙出現了。

那是隻地龍。

那隻地龍的實力弱得完全無法與亞拉巴相比，才剛完成進化而已。

看來哈林斯是讓住在上層的竜在短時間內殺光附近的魔物，提升等級完成進化。

他竟然又做出這種會破壞生態系的亂來事情。

我傻眼地觀察著地龍與山田同學一行人的戰鬥。

雖說實力不強，但龍畢竟是龍。

能力值與技能都是尋常魔物無法比擬的。

就連勇者尤利烏斯都不曾擊敗過龍。

不過，要是真的遇上，勇者尤利烏斯應該有能力擊敗下位的龍吧。

對山田同學等人來說，那傢伙毫無疑問是他們遇過最強悍的魔物。

順帶一提，在山田同學等人戰鬥過的對手中，無視於魔物之類的區別，最強的就是吸血子了。

如果是吸血子的話，那種程度的地龍，她可以一邊哼歌一邊擊敗。

換句話說，要是連那種程度的地龍都無法擊敗，就不可能打贏吸血子。

話雖如此，憑山田同學的能力值，就算會陷入苦戰，也應該不至於打輸才對。

而且不光是山田同學，他們還有漆原同學在。

進化成光竜後，漆原同學的能力值似乎超越了山田同學。

過去的我也是一樣，魔物的能力值成長幅度似乎比人類還要大。

儘管漆原同學還只是竜，卻有著足以匹敵龍的能力值。

事實上，她剛才就把地龍揍飛出去了。

一隻地龍居然被一個女孩子一拳打在臉上揍飛出去……

不，我知道這不是牠的問題。

雖然我能夠理解，但那種場面還是很難堪。

有這種想法的人似乎不是只有我，被揍飛的地龍本人也氣到不行，朝向漆原同學衝了過去。

牠奮力揮出爪子，卻被漆原同學輕易擋下。

地龍的尊嚴……

後來，那隻地龍被類似火焰旋風的魔法困住，接著又被山田同學一擊斃命，三兩下就被解決掉了。

尊嚴……

別說阻擋了，這傢伙根本就是來把屠龍者的稱號與經驗值送給山田同學等人而已不是嗎？

啊……難不成這才是哈林斯的目的？

因為看起來好像擋不住山田同學等人，那就乾脆盡可能提升他們的實力是嗎？

嗯……雖然我無從得知哈林斯的想法，這件事最後還是給山田同學帶來了益處。

這也是天之加護的效果嗎……

總覺得只要發生對山田同學有利的事情，就讓人想要全都歸功於天之加護。

嗯？怎麼了？

『勇者？』

這個一邊對山田同學等人施展念話一邊登場的傢伙，居然是其中一隻小蜘蛛。

咦？你這小子跑來這裡做什麼？

等一下，要是你做出什麼奇怪的事情，我會很困擾的……

糟糕，我現在正好沒空，要是小蜘蛛們跑去襲擊山田同學等人，我恐怕無法阻止。

我現在該怎麼辦才好！

『勇者。』『支配者？』

『支配者。』『支配者。』『支配者。』『支配者。』『支配者。』『支配者。』

在牠說著這些話的同時，小蜘蛛們也開始聚集過來！

『無法鑑定？』

『無法鑑定。』『無法鑑定。』『無法鑑定。』『無法鑑定。』『無法鑑定。』『無法鑑定。』

『支配者？』

『支配者。』『支配者。』『支配者。』『支配者。』『支配者。』『支配者。』

『轉生者？』

『轉生者。』『轉生者。』『轉生者。』『轉生者。』『轉生者。』『轉生者。』

『可是好弱？』

『好弱。』『好弱。』『好弱。』『好弱。』『好弱。』『好弱。』

『太弱了。』『太弱了。』『太弱了。』『太弱了。』『太弱了。』『太弱了。』

咿……！

你們不能因為人家很弱，就跑去襲擊人家喔！

「你們知道轉生者的存在嗎！」

還有，山田同學……

你難道不知道什麼是害怕嗎！

竟然敢跟這群小蜘蛛說話。

難道他不怕被襲擊嗎？

『知道。』『知道。』『不可能不知道。』

「你們怎麼會知道？」

呼……看來小蜘蛛們似乎沒有要立刻發動攻擊的意思。

『主人。』『主人。』

『老媽。』『老媽。』

喂，你們是在說我對吧？

「你們說的那位主人是轉生者嗎？」

『你到時候就知道了。』『遲早會知道。』『很快就會知道。』『馬上就會知道。』

很好，這些傢伙真是多嘴。

算了，反正要是山田同學等人來到妖精之里，我們應該就會見面了吧。

「什麼意思？」

『宣言。』『宣告。』

『終焉的起始。』

『世界的起點。』

『世界的終點。』

「等一下！這到底是什麼意思！」

我也想知道是什麼意思！

這些傢伙真的明白那些話是什麼意思嗎？

牠們應該不是只想隨便說些帥氣的臺詞吧？

『知道也沒有意義。』

『反正你會死。』

『大家都會死。』

『儘管掙扎吧。』

說完，小蜘蛛們就從山田同學等人面前消失了。

怎麼辦……

## 6　監視勇者一行人的工作

我的孩子們在不知不覺間突然中二病發作了……
來到山田同學等人看不到的地方後，小蜘蛛們露出了「大功告成」的滿足表情。
我的教育到底是哪裡出錯了？
……算了，至少牠們沒有襲擊人家。
雖然那些傢伙說了些超級意味深長的話嚇唬山田同學等人，但牠們的目的到底是什麼？
明明都是我的孩子，我卻無法理解牠們的想法。
難道是為了警告山田同學等人嗎？
可是，就算警告他們也毫無意義吧。
事情已經發展到不管山田同學等人怎麼做都無法挽回的地步了。
不過，就至少讓山田同學等人做好心理準備這點來說，牠們的行動或許算是成功了。
想到這裡，我就覺得這可能也算是對山田同學有利的事件。
……真搞不懂。
天之加護應該也不是萬能的，把任何事情都歸功於天之加護應該也不是件好事。
如果天之加護是萬能的，那夏目同學的陰謀就不會成功了。
畢竟山田同學的妹妹跟長谷部同學都落到夏目同學手中了。
雖然小心提防不是壞事，但太過在意也不是好事。
總之，我還是繼續監視山田同學一行人吧。

## 幕間　勇者的妹妹與邪神的傀儡和走狗

我從窗戶俯瞰底下。

我看到帝國軍就地解散，分別回到自己房間的光景。

其中還有聖女候選人悠莉這張熟悉的面孔在，讓我忍不住板起臉孔。

「嗨，我心愛的未婚妻，妳的臉還是跟平時一樣臭呢。」

由古沒有敲門就打開房門，出現在我面前。

「閉嘴，你這個冒牌勇者。」

「哦，我好怕喔。」

由古一副不以為意的樣子，大剌剌地坐在房裡的沙發上。

「還有，可以別說我是你的未婚妻嗎？別汙辱我。」

「妳這話還真是過分。好吧，蘇，我知道了。」

「也不准叫我蘇。只有哥哥和特別親密的人才能那樣叫我。」

「知道了啦，蘇蕾西亞公主。」

由古嘻皮笑臉地聳聳肩膀。

光是看到他就讓人覺得不舒服，於是我將視線移回窗外。

帝國軍正順利地逼近妖精之里。

我們今天會在這裡讓帝國軍駐留一天，明天就會使用轉移陣前往其他地方。

而這個房間就是安排給我和由古使用的。

儘管這並非我的本意，我還是變成這個男人的未婚妻了。

這八成是為了讓我跟這個男人一起行動也不會顯得不合理的安排。

雖說只是一場假戲，但跟這種傢伙締結婚約還是令人想吐。

如果不是為了哥哥，我早就殺掉這種傢伙了。

沒錯，這一切都是為了哥哥。

所以就算心裡難受，我也有辦法忍受。

那一天，我遇到了邪神。

有別於一身雪白的外表，那傢伙是個邪惡的化身。

當我為了親手制裁膽敢對哥哥出手的愚蠢罪人，去找由古算帳時，那個邪神正在對他做出某種事情。

本能告訴我自己絕對打不贏她。

敢反抗就會死。

就在我有生以來頭一次因為恐懼而動彈不得時，邪神說話了。
「想要我放過妳哥哥嗎？」
於是，我成為了邪神的棋子。
我跟邪神說好了，只要我乖乖聽她的命令，她就不會對哥哥出手。
只要是為了哥哥，任何考驗我都有辦法通過……
「很快就能抵達妖精之里了。」
就算不用眼睛看，我也知道由古正在笑。
這傢伙絕大多數的時候都會毫無意義地笑。
「呵呵呵，真令人期待。」
我耳朵會爛掉，拜託你閉嘴好嗎？
如果哥哥的聲音像是用天上樂器演奏的曲子，那這個男人的聲音就像是拿著生鏽的琴弦硬拉的噪音。
唉……我好想聽聽哥哥的聲音……
只要能稍微聽聽哥哥的聲音，就能讓我這顆躁動的心恢復平靜……
「打擾了。」
嗚！
礙眼的傢伙又增加了。

「妳好啊，勇者的妹妹。」

這位客人是邪神的走狗——蘇菲亞・蓋倫。

「妳來這裡做什麼？」

「來看看妳這邊的情況。」

「那妳已經看過了吧，給我滾。」

光是由古這傢伙就已經礙眼到了極點，要是這種傢伙繼續增加的話，我一定會被壓力逼瘋。

「妳還真是冷淡呢，稍微陪我聊一下吧。」

「我跟妳無話可說。」

「是嗎？虧我還打算來安慰一下妳這個假裝被洗腦，背叛自己最喜歡的哥哥，終日悲傷哭泣的妹妹呢。」

「嗚！不需要妳多管閒事！妳這神的走狗！」

我不是假裝被洗腦，我當時是真的被洗腦了！

雖然那八成是邪神的指示，但就只有殺死父親大人那時候，我是真的被洗腦了。

她為什麼要那麼做？

雖然這只是我的推測，但那個邪神應該是為我準備了一個藉口吧。

那就是因為我被洗腦了，所以殺死父親大人不是我的責任。

那個邪神明明就很惡毒，卻又讓我見識到了這種有些溫柔的一面。

如果她能壞得更徹底，我就不需要糾結了……

「哎呀？現在的妳也跟我一樣不是嗎？正因為如此，妳才會背叛自己的哥哥。」

「不對！我才沒有背叛哥哥！」

就只有這件事，我絕對沒做！

「可是，妳確實聽令於主人，毫無疑問是人族的敵人。」

「嗚！」

「沒錯，就是那種表情。我就是想看那種表情。」

蘇菲亞露出愉悅的表情。

「妳好差勁。」

「我就當作妳是在稱讚我吧。」

這傢伙的人格有問題。

我懷疑她的個性可能比邪神還要差勁。

這種人怎麼不去死一死算了……

「喂喂喂，蘇菲亞，妳不用跟我打聲招呼嗎？」

「哎呀？你也在啊？」

蘇菲亞用看到螻蟻般的眼神看著由古。

「拜託別用那種眼神看我，我也是會受傷的。」

「是喔。」

用看到螻蟻般的眼神看著螻蟻有什麼問題嗎？

螻蟻與惡毒女人同時出現在視野中，讓我覺得眼睛好像快要爛掉了。

「結果如何，勇者的妹妹取得七大罪技能或七美德技能的其中之一了嗎？」

「……還沒有。」

「真較人傷腦筋。妳忘記跟主人的約定了嗎？」

嗚！

我跟那位邪神之間有個約定。

那就是我會協助那位邪神，並且取得七大罪技能或七美德技能。

只要我能實現約定，哥哥的安全就能得到保障，我也能重獲自由。

可是，我還沒取得那種技能。

「算了，反正主人好像也不曾對妳有過期待，就算沒有也沒差。」

「哈哈！妳跟我們畢竟還是不一樣呢。」

我握緊拳頭。

這實在太屈辱了！

想不到我居然會被這些垃圾給看扁！

「這表情真棒。」

蘇菲亞揚起嘴角。

「從小到大要什麼有什麼的公主殿下，因為屈辱而渾身顫抖的模樣實在太賞心悅目了。」

這個人渣。人渣中的人渣。

「……」

看吧，就連人渣之王由古都傻眼了。

連人渣都不敢恭維的人渣還有活著的價值嗎？

她怎麼不去死一死算了……

為什麼這個世界上存在著哥哥以外的廢物呢？

我跟哥哥以外的人根本沒必要活在世上。

「可是，要是這傢伙來不及取得技能，難道不會有問題嗎？」

「應該沒問題吧。雖然支配者技能越多越好，但目前好像已經具備最低限度的數量了。如果還能取得更多，頂多就是讓這件事變得更輕鬆而已吧。」

「原來如此。不過，反正我也不曉得支配者技能的那個什麼……金鑰對吧？到底有什麼用途，所以這也不關我的事。」

這傢伙明明就被那個邪神控制，把兩個那種叫做金鑰的東西交出去了，竟然還不知道要緊張。

據我所知，那位邪神似乎一共得到了六把金鑰，分別是由古的貪婪與色慾、蘇菲亞的嫉妒、我沒有見過的名叫拉斯的傢伙的憤怒、同樣沒見過的名叫梅拉佐菲的男子的忍耐，以及魔王愛麗兒的暴食。

至於邪神要用那些金鑰做什麼，連我都不知道。

可是，我不覺得邪神會把金鑰用在正當的用途上。

「比起這傢伙，悠莉沒得到技能才是個大問題吧？那傢伙不也跟我們一樣是轉生者嗎？」

「就算是轉生者，也有適不適合的問題吧。」

悠莉也真是可憐。

雖說她是個一直想要拉哥哥入教的臭女人，但被人洗腦，任人擺布也未免太悽慘了……

算了，反正她想誘惑哥哥，這樣也好。

她會不會一個不小心就踏上前往神明身邊的旅程？

反正她那麼虔誠，這也算是如她所願吧。

「啊……對了，妳哥哥好像正朝向妖精之里前進喔。」

「！」

哥哥要來嗎！

「你們說不定能在妖精之里來個感人的重逢呢。」

哥哥……

我好想見他。

可是，我又很害怕見到他。

我不知道該拿什麼臉去見他……

「聽說老師她們也跟他在一起。老師、卡迪雅、菲、安娜……他還真受女性歡迎呢。」

那些傢伙……

這樣啊……

在我忙得要死的時候，她們竟然趁機接近哥哥……

那個叫做老師的傢伙，我也一直覺得她很可疑。

還有卡迪雅那傢伙……

雖然我把她當成朋友，但要是她敢對哥哥出手，下次見面的時候，我就……

「……喂，這傢伙竟然若無其事地說別人的壞話耶。這傢伙也不是什麼好東西吧？她現在腦袋裡肯定想著些不好的事情。」

「主人本來就不可能拉攏腦袋正常的好人吧。她都是選擇那種就算讓對方稍微吃點苦頭也不會良心不安的傢伙。」

「原來如此。超有說服力。」

雖然人渣們好像說了些什麼，但也不過就是人渣們的叫聲罷了。

不需要放在心上。

# 7 總結過去的行動並決定今後計畫的工作

雖然我最近忙得非比尋常，但也許有人會覺得，只要在演變成這種狀況以前先完成一些事情不就行了嗎？

我必須解釋一下！

我沒有那種美國時間！

雖然比不上現在，但我一直都頗為忙碌！

畢竟我好歹是個軍團長。

平時必須負責營運一支軍隊。

還不只是這樣。

我負責營運的軍隊，還是連軍隊的樣子都沒有的第十軍。

那可是把一群連雜牌軍都進不去的廢物集合起來，懷著家醜不可外揚的想法組織起來的第十軍。

直到把那些傢伙調教……不，是訓練成出色的軍人，並且整頓好軍備，讓他們擁有作為一支軍隊的最低限度能力為止，天曉得我花了多少時間。

在整天忙著備戰的那段期間，我根本沒有時間休息。

魔王軍是黑心企業……

我要申請特休！

可是申請失敗了……

這還不是全部喔。

我還同時做了許多事情。

首先是強化分體。

間諜分體已經在那場大戰中出場過了。

這種分體是我最先製造出來的那種只有手掌般大小的小蜘蛛分體的直接強化版。

這種分體依然只有手掌般大小，但隱身能力得到強化，變得不會被感知系技能發現，還能把看到和聽到的一切都回饋給本體。

在那場大戰中，我還進一步擴充那種回饋功能，變得可以在專用螢幕上播放影像。

簡直就是超高性能自走式攝影機！

而我在世界各地散布了幾千隻這種分體，用來即時收集各種情報。

拜此所賜，就連世界各地的妖精躲藏之處我也全都找到了。

妖精族隱藏起來的轉移陣也逃不過我的法眼。

呵呵呵……

雖然神言教與妖精族都相當致力於諜報活動，但還是完全比不上我！

不過，這種間諜分體的缺點就是完全沒有戰鬥能力，只要被踩一腳就會死掉。

雖然牠們的隱身能力很強大，不太會發生那種事情，但偶爾還是會被人意外踩死。

關於這些損耗，就只能當成是必要的成本了。

要是有分體被踩死，我就得重新補充，所以也得花上不少工夫。

在讓幾千隻間諜分體隨時保持運作的情況下，我還同時進行戰鬥分體的量產工作。

戰鬥分體一如其名，是用來戰鬥的分體。

這種分體不同於間諜分體，外型會隨著用途而改變。

首先是量產型的泛用戰鬥分體！

體型大小差不多是一公尺左右。

外型跟我將要進化成女郎蜘蛛以前的不死蛛后時期差不多。

簡單來說，就是有著白色的身軀以及兩隻狀似鐮刀的前腳。

而且主要的戰鬥方式也跟不死蛛后時期毫無分別。

就是不斷施展魔法（雖然我現在用的是魔術），同時連發邪眼，要是敵人靠近了就用鐮刀迎戰。

蜘蛛絲與毒當然也能使用。

從量產型這三個字便可得知，這種泛用戰鬥分體的數量非常多。

實際數量是軍事機密，所以我要保密。

接下來是女王分體。

這就是我在那場大戰中拿來對付勇者尤利烏斯的武器。

這種分體是我參考老媽做出來的，擅長活用牠那無比巨大的身軀用蠻力壓著對手打。反正總而言之就是很大！

其實這種分體的戰鬥能力跟泛用戰鬥分體差不多。

只是因為體型巨大，所以製作時的成本也很高。

因此數量並不多。

最後則是我的王牌，空間專家分體。

一如其名，那是一種專門用來施展空間魔術，只有手掌般大小的分體。

雖然外表跟間諜分體差不多，但其能力完全不同。

這種分體可以創造出異空間，或是侵蝕空間。

我在神化後不知為何變得特別擅長空間魔術，而這種分體就是我將其結晶灌注進去的成果。

因為這種空間專家分體可以用切開空間的方式砍掉別人的腦袋，所以要是沒有與之對抗的手段，就絕對打不贏這種分體。

畢竟只要把敵人的上半身轉移到其他地方就完事了。

就算敵人想要逃跑，牠也能夠操弄空間，讓人無處可逃。

如果想要對抗，就得進一步干涉我的空間干涉，至少也得有能力互相抵消才行。

用系統上的說法來說，就算把空間魔法的進化版——次元魔法練到封頂，也不見得有能力與我對抗。

換句話說，在系統的範圍以內，想要與我對抗是不可能的事情。

我真是強得可怕。

而這些戰鬥分體，平常都待在空間專家分體創造出來的異空間裡面。

如果有需要的話，我就會從異空間之中把牠們叫出來。

不過，除了派女王分體去對付勇者尤利烏斯之外，牠們目前都還沒有機會出來表現。

牠們並不是在偷懶，而是透過停止行動來節省能源。

請大家千萬不要誤會牠們。

我會把吸血子等人擊敗的神話級魔物屍體丟到分體居住的異空間給牠們吃，藉此補充能源，一旦能源累積到某個程度，就製造出新的分體。

我就是透過這種循環慢慢增加戰鬥分體的數量。

想不到剛開始那種只有手掌般大小的可愛分體，居然可以進化到這種地步。

牠們剛開始時真的完全派不上用場。

堅持就是一種力量。

雖然這跟技能不一樣，並不保證只要鍛鍊就會強化，但只要有付出努力，果然就會得到某種

程度的回報。

此外，我還有另一種相當特殊的分體。

這種分體與我在軍團長職務之外同時進行的另一項工作有著密切的關係。

這種分體名叫系統專用分體。

聽到這個名字，剩下的就不用我多說了吧。

簡單來說，這是能對系統進行各種工作的分體。

我的最終目的是破壞系統，利用到時候產生的能源讓這個世界再生。

為此，我必須做好周到的準備。

而為了做好準備，我必須把系統研究透徹。

畢竟這件事賭上了全世界的命運，失敗了也不能重來。

一定要謹慎再謹慎，謹慎到有點太過神經質的地步才算是剛好。

所以，即使是在準備階段，我也沒有絲毫鬆懈，在調查系統上耗費了不少心力。

不但有軍團長的工作，還要處理分體的事情。

光是這些事情就已經夠我忙了，但其實我有大半心力都是耗費在調查系統這件事情上。

畢竟我還認真到為了進行調查而研發出專用分體的地步。

事情就是這樣，我根本沒有時間休息！

這樣你們知道我有多辛苦了嗎！

在還沒有忙得要死以前，我就已經非常忙碌了！

看到我那麼忙的樣子，誰有辦法對我說因為以後會更忙，所以妳現在得更加努力才行！

就算知道未來會有多忙，我也會回答自己不可能更努力了！

勞動基準法到底怎麼了！

啊……因為這裡是異世界，所以沒有那種東西……原來是這樣啊……

黑心企業……

不過，這畢竟是我自己決定要做的事情，所以我還是會做完！

事情就是這樣，我決定報告一下目前為止的系統調查結果。

首先，系統到底是什麼？

所謂的系統，就是D創造出來的超巨大魔術！

其主要效果是替這個世界的生物加上技能與能力值這種東西，在他們死後進行回收並轉換成能源，然後利用那些能源讓世界再生！

好長！

明明只有一句話，卻寫了兩行！

今北產業（註：這是日本的鄉民哏，意思是我剛到，請用三行文字告訴我前面發生的事情）！

我已經盡量濃縮重點，寫成簡單扼要的一句話了喔。

簡單來說，就是一種讓這個世界的生物在活著時累積能源，然後像是討債般在死後進行回收

的無情魔術。

至於累積能源的方法則是讓人鍛鍊技能與能力值。我覺得這種充滿遊戲風格的做法，應該是D個人的興趣吧。

那些回收的能源會用來讓這個即將崩壞的世界再生。

說到這個世界為什麼非得依賴這種系統不可的原因，據說是因為這個世界的人類在很久以前做出了蠢事。

關於那件事的詳細經過，只要問禁忌就知道了。

同時還會附送無論睡著還是清醒都會聽到有人一直叫你「贖罪」的服務。

不過，我在完成神化以後，就跟那項服務解約了！

因為那聲音很煩人，可以解約實在是幫了大忙。

先不管禁忌的問題了，那些古時候的人類似乎是把這個世界的能源用到枯竭，結果為了彌補這個過錯，他們讓女神成了犧牲品。

我也不清楚詳細情況。

我覺得自己沒必要知道。

因為就算知道了，也只會感到不愉快。

只要看看知道當時情況的魔王、黑與教皇那些人，就能猜到當時肯定發生了很不好的事情。

這個世界的生物就算死掉了，也只會被奪走身上擁有的能源，然後重新轉生到同一個世界，無法逃離這種地獄般的輪迴，這肯定也是一種懲罰。

雖然我很想說「別把我們這些無關的地球轉生者捲入這種懲罰遊戲之中」就是了！

讓我們回到關於系統的話題。除了這個基本功能以外，D還經常在系統中加入具有遊戲性的功能。

會有那些充滿遊戲風格的地方，幾乎都是出於這個原因。

像是技能或魔物之類的東西。

因為如果只是要讓生物在存活期間儲存能源，根本就不需要技能、能力值與等級這些東西。

這些部分顯然都是D所設計的遊戲。

至於魔物的存在則有些微妙。

即使技能之類的東西只是一種遊戲元素，但既然選擇用這種方式來累積能源，就得讓人們戰鬥才行。

而魔物就是準備來讓人們去戰鬥的對手。

以遊戲來說，就是敵方角色。

而系統創造了這樣的敵方角色。

只不過，系統只有在最初期時創造魔物，之後的魔物似乎都是自然繁殖，擅自增加的。

畢竟創造魔物也需要能源，如果魔物能夠擅自增加，那當然是再好不過了。

結果現存的魔物不但有系統創造出來的魔物的子孫，還有原本就棲息在這個世界的動植物適應現今環境後的新物種，以及這些物種混血後的新物種，種類已經增加到無法分類的地步。

系統對現存魔物所做的事情，頂多就只有賦予牠們襲擊人類的本能。

雖然對人類來說，沒有比這更讓人困擾的事了，但既然必須讓人類戰鬥，這也是無可奈何。

而且魔物早就變成食物鏈的一環了，事到如今要是沒了也會讓人傷腦筋。

此外，除了魔物以外，系統還存在著讓人類互相鬥爭的機制。

那就是勇者與魔王。

勇者帶領人族。

魔王帶領魔族。

雙方會率領各自的勢力互相鬥爭。

這兩者都是附帶特殊能力的特殊稱號。

勇者擁有專剋魔王的特殊能力，還具備使用勇者劍的資格。

而且還有能在絕境中發揮潛力的能力。

而魔王雖然沒有專剋勇者的特殊能力，卻也具備使用魔王劍的資格。

雖然勇者看似比較受到優待，但這是因為魔族與人族的身體能力與壽命有所差別，很容易演變為魔王比較強的狀況，所以才得讓魔王做出這樣的讓步。

要是沒有這樣的讓步，會導致人族一直被某位魔王蹂躪的局勢。

問題在於，不管魔王有多麼強大，這個賦予勇者的專剋魔王特殊能力，都能讓勇者與魔王打得不相上下。

如果要讓實力處於劣勢的勇者追上實力較強的魔王，就得從其他地方補足能源才行。

簡單來說，這種專剋魔王的特殊能力，其實就是從系統取得能源，藉此暫時提升勇者的實力。

而現任魔王可是歷代最強的魔王。

平均能力值高達九萬。

要是讓那種傢伙跟勇者交手會發生什麼事情？

那就是會從系統中拿走非常多的能源。

在這種需要儲存能源的時候，怎麼可以浪費掉那麼多能源呢！

而且要是勇者存在，魔王的生命就會收到威脅，所以我才會在那場大戰中殺掉勇者尤利烏斯，同時為了廢除勇者的存在，對系統進行干涉。

結果我失敗了。

雖然我已經對系統做過相當多調查，認為這個計畫應該可行，但看來我還是太天真了。

因為記取了這次失敗的教訓，我現在才會努力進一步加深對系統的理解與掌握。

而掌握系統的一項重要因素，就是支配者技能。

也就是七大罪技能與七美德技能。

這些技能就是用來存取系統的金鑰。

只要擁有支配者技能，並且確立可以透過禁忌得知的支配者權限，就能得到各種特惠能力。

像是可以阻礙鑑定，或是在系統中進行搜尋等等。

只不過，要是過度使用這些特惠能力，靈魂就會逐漸損耗，所以最好不要濫用。

如果只是阻礙鑑定的話，因為幾乎不會損耗靈魂，倒還無所謂。

在神化以前，阻礙鑑定也幫了我不少忙。

而我在調查系統的過程之中，發現只要把這些支配者技能當成金鑰，就能使用系統的祕密功能。

雖然在確立權限的時候，這種功能列表就會自動被安裝進腦袋裡，但功能列表中並沒有這個項目。

換句話說，如果沒有像我這樣仔細調查系統，就無法得知這件事。

只有做到這種地步，才能發現這些祕密功能。

而我需要的功能就在其中。

那就是系統自我毀滅程式。

這個系統不愧是那個壞心眼的D設計的東西，果然藏有攻略的密技。

還貼心地附上寫有實際做法的說明書，我也只能笑了。

讓人不禁懷疑按照正常程序慢慢累積能源到底有何意義。

連我都有這種想法了，一直在努力慢慢累積能源的魔王與教皇的心情應該更複雜吧……

不過，魔王是在幾乎放棄希望的情況下得知這件事，所以把這當成是看到了一絲希望而感到高興，這樣應該也算好事一件吧。

我猜她心中應該也有恨不得早點知道這個密技的想法吧。

因為只要在系統剛完成後就直接發動這個密技，就能讓世界再生了。

根本不需要耗費這麼多時間，用正常程序讓人們用盡一生替系統儲存能源，經歷那些痛苦的事情。

在那段漫長的歷史之中，肯定發生了許多悲劇，而魔王與教皇應該也一直看著那些悲劇。

得知那些悲劇或許沒必要發生，他們還是會難過吧。

不過，既然人無法改變過去，那想這些事情也毫無意義。

我能做到的事情不是改變過去的悲劇，而是給未來一個最好的結局。

改變過去的悲劇是時間旅行者的工作。

雖然不曉得有沒有能辦到那種事的人就是了。

不過，身為一個知道D有多麼誇張的人，我覺得就算真的有也不奇怪。

至少我辦不到那種事。

與其執著自己辦不到的事，我更應該去做自己力所能及的事。

可是！

有件事情無法只靠我一個人完成！

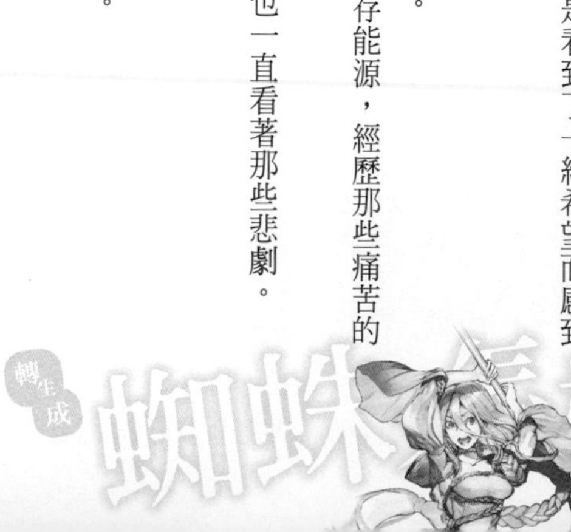

得增加擁有支配者技能的人。

支配者技能同時也是金鑰。

如果要發動這個系統隱藏的自我毀滅程式，就需要用到所有支配者技能的金鑰。

每 一 把 金 鑰 都 不 能 少 ！

這根本就是不可能的任務！

因為現在有幾個支配者技能還沒人擁有。

而且在擁有支配者技能的人之中，還有一個絕對不可能協助我們的傢伙。

沒錯，就是波狄瑪斯。

為什麼那傢伙每次都要阻礙我們！

那傢伙的存在本身就礙事到了極點！

你們可以體會當我得知這個密技的啟動方法時的心情嗎！

我整個人都絕望了！

可是，某位偉大的教練也說過：「現在放棄的話，比賽就結束了。」

在想過有沒有辦法解決這個問題後，我決定使用密技。

金鑰……開鎖……

那我就不要用金鑰解鎖吧！

……我知道有人會覺得我在說蠢話！

既然正常做法不管用，那就只能使用密技了！

既然這個隱藏功能本身就是密技，那我就算再使用其他密技也無所謂吧！

實際上，如果我不那麼做，就無法從所有擁有支配者技能的人手中拿到金鑰。

總之，我開始注意那些有可能取得支配者技能的人，一直盯著他們。

如果情況允許就拉攏他們。

我方已經擁有的支配者技能是魔王的暴食、吸血子的嫉妒與鬼兄的憤怒。

就只有這三個。

於是，我把目標鎖定在魔族的軍團長階級人物、人族的知名人士，以及跟我們一樣的轉生者，然後開始監視他們。

間諜分體在這件事上立下了大功。

過了不久後，梅拉竟然得到了忍耐。

我有點嚇到了。

梅拉本來只是個普通人不是嗎？

雖說他變成了吸血鬼，度過可說是百般波折的人生，但我沒想到他居然能得到支配者技能。

想要得到支配者技能的門檻應該非常高才對。

畢竟連勇者尤利烏斯都沒有支配者技能。

那可是連身為人族頂點的勇者都沒有的超稀有技能。

……雖然我這個在神化前擁有四個，加上睿智的話一共有五個的傢伙好像沒資格說這種話就是了。

這麼說來，睿智好像完全是我專用的技能。

我是在把鑑定與探知的等級練滿時得到那個技能的，但同樣滿足了條件的魔王卻沒有取得睿智。

啊，話題扯遠了。

總之，梅拉非常努力。

超級努力。

希望他能繼續努力下去。

他得到的技能可是忍耐。

讓大家見識一下普通人的實力吧。

雖然他現在不是人類，而是吸血鬼就是了。

後來，人族那邊的夏目同學惹出了麻煩。

因為怨恨山田同學，他企圖下手殺人。

不過，多虧了老師出手救人，他的計畫以失敗告終。

而且老師還使用支配者權限把夏目同學的技能刪掉了。

既然使用了支配者權限，就能確定老師也擁有支配者技能。

而且還確立權限了。

老師不可能把禁忌練到封頂，應該是波狄瑪斯教她怎麼確立權限的吧。

畢竟那傢伙也理所當然地確立了權限。

老師所擁有的支配者技能，我猜應該是七美德技能中的救贖。

那是我過去曾經擁有的技能。

我當時會得到那個技能，是因為到處幫助別人而取得稱號，結果就順便附送那個技能了。

我不知道老師是透過同樣的管道取得那個技能，還是使用技能點數直接取得。

不過，她怎麼取得技能並不是重點。

重點是只要有波狄瑪斯在，我就沒辦法隨便對老師出手。

所以，既然老師擁有支配者技能，就表示我能使用的金鑰減少了一個。

這真的太傷了。

但這也是沒辦法的事。

想要收集到所有金鑰，打從一開始就是個不可能的任務。

話說回來，老師也真是太亂來了。

在支配者權限之中，刪除技能算是相當損耗靈魂的一種權限。

照理來說，那應該會對靈魂造成很大的傷害，使用者自己也會失去技能，或是能力值大幅降低才對。

然而，老師卻平安無事。諷刺的是，這都是多虧了波狄瑪斯。

老師被波狄瑪斯的部分靈魂寄生了。

不光是老師，所有妖精都是這樣。

我猜那八成是波狄瑪斯擁有的七美德技能——勤勉的效果。

據說其效果是奪取被寄生者的身體，讓對方變成自己的分體，並且加以操控。

一旦身體被奪取了，就再也無法復原。

換句話說，老師實際上就等於是波狄瑪斯手中的人質。

原本應該是這樣才對。

結果就發生夏目同學失控的事件了。

雖然老師使用支配者權限應該會對自己的靈魂造成損耗，但沒想到寄生在她體內的波狄瑪斯的靈魂卻成了代罪羔羊。

這件事應該也在波狄瑪斯的意料之外吧。

拜此所賜，寄生在老師體內的波狄瑪斯靈魂大幅弱化，變得很難奪取老師的身體。

雖然那也只是難度變高，不代表絕對辦不到，還不能完全放心就是了。

話雖如此，這件事依然讓我拍手叫好，道了句：「波狄瑪斯，你活該！」

此外，不光是這個事件，我還遇到了另一件好事。

那就是我成功把夏目同學洗……不，是拉攏到我們這邊了。

你問我是不是想要說出「洗腦」這兩個字？

你一定是想太多了。

我剛才沒有介紹到的洗腦分體這種東西，絕對不存在於這個世界上。

夏目同學的腦子裡面躲著一隻只有指尖大小的蜘蛛這種恐怖的事情，想也知道不可能發生。

哈哈哈！

反正要是放著他不管，他應該也會再次失控，最後遭到處決，那讓我好好利用不也沒差嗎？

結果沒想到他讓我中了大獎，拿到色慾與貪婪這兩個支配者技能。

這真是太划算了。

使用色慾的洗腦效果還能做出許多種壞事，所以我敢斷言自己當時的判斷非常正確。

不過，我洗……不，是說服夏目同學的瞬間，被山田同學的妹妹撞個正著就是我完全意想不到的事情了。

雖然腦海中在一瞬間閃過「殺人滅口」這個詞，但我仔細思考了一下後，便想起這位妹妹的能力跟身為轉生者的山田同學差不多優秀這件事。

如果是這樣的話，那她應該也有機會取得支配者技能不是嗎？

於是，我就溫柔地告訴她：「如果我不對妳哥哥出手，妳願不願意協助我？」

被我這麼威脅……不對，是說服以後，這位最喜歡山田同學的兄控妹妹就爽快地答應要幫忙了。

不過令人遺憾的是，她沒能取得支配者技能。

作為她幫我處理了一些無關緊要小事的回報，我遵守約定，沒對山田同學出手。

我真的沒對他出手喔！

可是，我沒保證夏目同學不會對他出手。

而且我確實有讓他保住性命。

我沒有打破約定。

先不開玩笑了，我打算讓她免於被系統崩壞的餘波牽連，作為請她出手幫忙的報酬。

畢竟我讓她做出殺害親生父親這種相當過分的事情。

雖然我姑且有在當時讓她被夏目同學洗腦，讓她不用出於自己的意志那麼做，但那件事或許還是變成了她的心靈創傷。

此外，我還利用夏目同學的洗腦能力，洗腦身為轉生者的大島同學與長谷部同學，檢查他們有沒有取得支配者技能。

要是他們有取得支配者技能，我原本是打算趁他們被洗腦時奪取金鑰，可惜他們都沒有支配者技能。

因為還有跟妹妹之間的約定，我沒有對山田同學出手。

畢竟他還有天之加護那種技能。

要是隨便對他出手，感覺好像會發生奇怪的事，我不敢輕舉妄動。

而山田同學擁有慈悲這件事，也對我造成很大的打擊。

要是我無視跟妹妹之間的約定，直接搶走他的金鑰就好了……

反正事情都過去了，就算說這個也沒有意義。

因為漆原同學也幾乎都跟山田同學黏在一起，我同樣無法對她出手。

就讀人族學校的轉生者們的情況大概就是這樣了。

再來就是不屬於任何勢力的田川同學與櫛谷同學這兩位轉生者了，他們以冒險者的身分環遊世界，戰鬥能力還算不錯。

他們看起來並沒有取得支配者技能，所以我也只是保持著監視，但他們在那場大戰中與梅拉激戰後，在老師的帶領下前往妖精之里了。

如果我想要阻止，或許有機會成功，但我們在當時介入那件事好像不太自然，而且我還有戰後處理的工作要忙，就這樣放著不管了。

此外，其實教皇那邊還有草間同學這位轉生者，但他也沒有支配者技能，所以不用理他。

你說什麼？我太不把草間同學放在眼裡？

畢竟草間同學本來就是這種角色，這也怪不得我。

剩下的轉生者都被軟禁在妖精之里，我不認為他們能在那種處境之下取得支配者技能，所以也不需要理會。

總結來說，支配者技能目前的擁有者如下：

憤怒：鬼兄。
嫉妒：吸血子。
貪婪、色慾：夏目同學。
暴食：魔王。
傲慢、怠惰：無人持有。
慈悲：山田同學。
忍耐：梅拉。
勤勉：波狄瑪斯。
救贖：老師。
節制：教皇。
謙虛、純潔：無人持有。

在這十四個技能之中，我取得了六把金鑰。

有四個技能沒人擁有，其他陣營擁有的技能共有四個。

雖然我希望得到過半數的金鑰，但現在這樣應該就是極限了吧。

再來只能靠強制解鎖來想辦法了。

問題來了。

強制解鎖的困難度似乎會隨著支配者技能的狀態而改變。

具體來說，就是會以「已確立權限」＞「未確立權限」＞「無人持有」這樣的順序，變得越來越容易。

如果該支配者技能無人持有，就會像是鑰匙就掉在鑰匙孔附近一樣容易破解，而如果有人持有該支配者技能，鑰匙就會像是被人隨身攜帶一樣，變得不好破解。

要是對方又確立了權限，就會變得像是連鑰匙孔都做過防盜處理般難以破解。

正因為有著這種破解難度上的差異，我才能發現某人得到慈悲了。

換句話說，目前最難破解的是勤勉、節制和救贖這三個。

接著是慈悲。

如果能夠破解這四把金鑰，無人持有的四把大概也不成問題。

我們之後就要殺掉波狄瑪斯了，所以勤勉已經註定會變得無人持有。

這把金鑰可以之後再來破解。

至於救贖的部分，在殺掉波狄瑪斯以後，我們就有機會說服老師了。

雖然不曉得老師會不會答應幫忙，但既然有機會，還是等到時候再來處理比較好。

事情就是這樣。在殺掉波狄瑪斯以前，這把金鑰可以先放著不管。

至於節制就真的沒辦法了……

這把金鑰也先放著不管。

等到殺掉波狄瑪斯以後，再視情況判斷吧。

這麼一來，最優先該解決的就是慈悲。

最好是在山田同學確立權限以前強行破解。

如果山田同學把禁忌練到封頂後願意協助我們，那當然也很好，但如果他不願意的話，事情就麻煩了。

事先強行破解比較沒有風險。

而剩下四個無人持有的金鑰也是一樣。

雖然我硬是拖到了現在，但就算繼續拖下去，我方的某人取得支配者技能的機率也不高。

反倒是其他陣營的某人取得支配者技能的機率更高。

我方陣營中有機會取得支配者技能的人，也很有可能死在妖精之里一戰。

即使是吸血子或鬼兄這樣已經擁有支配者技能的人亦然。

要是他們戰死了，支配者的空位又會變多。

在發生那種事以前，還是先用已經確保的金鑰開鎖，保持在開鎖的狀態吧。

「事情就是這樣，我要去處理一下那些事情。」

「嗯……難道妳就不能跟平時一樣，把那些事情交給系統專用分體去處理嗎？」

報告、聯絡與討論是很重要的，所以我在出發前先向魔王報告了。

地點是蜘蛛車裡面。不是馬車喔。

那是一種把車廂擺在超級蜘蛛怪背上，就各種意義來說都很豪華的交通工具。

「沒辦法。讓本體待在其他地方，用遙控的方式處理這種重要工作，風險實在太高了。」

「這樣啊……」

其實我也明白魔王希望我留下的理由。

對魔王來說，現在是即將與波狄瑪斯決戰的重要時期。

而我不但擁有能馬上察知敵方情報的諜報能力，還能用轉移趕往任何地方，或是把整支部隊派去，是我方陣營最強的戰力，她當然會想要把我留在身邊。

天啊！我簡直優秀到可怕的地步！

我是不是太過優秀了！

這樣真的好嗎？

我會不會被當成外掛，遭到系統禁用？

我就是優秀到這種地步，連自己都會害怕。

「小白……妳又在想些蠢事了對吧？」

「才沒有那種事呢。」

「每次妳說這種話，通常都代表被我說中了。」

「才沒有那種事呢。」

魔王誇張地聳聳肩膀。

唔……我要對此表示遺憾！

還要順便控告這間名為魔王軍的超級黑心公司！

身為總經理的魔王應該立刻支付慰問金給我才對！

「……」

魔王不知為何抓住我的手使勁一拉。

哦……哦哦？

任憑魔王擺布後，我不知為何躺了下來，被她射出的絲捆成一團。

那些絲變得像是棉花，包覆住我的全身。

哦哦哦？

「明天再出發吧。妳今天先在那裡睡一覺。」

睡一覺？

在這種被捆住的狀態下？

雖然這些絲很柔軟，睡起來應該很舒服啦。

可是，讓我在魔王的座車裡面用這種軟綿綿的奇怪模樣睡覺，難道不會對她的威嚴造成影響嗎？

「小白，雖然妳自己可能沒發現，但妳的表情看起來很疲倦喔。」

「真的嗎？」

都表現在臉上了嗎？

畢竟最近真的很忙。

既然神也有肉體，那當然也會疲倦。

我太過勉強自己了嗎……

「可是，我們沒什麼時間……」

「要是妳因為累到恍神而搞砸，反倒更危險。」

妳說得對！

因為疲倦會讓人無法發揮全力，所以安插適度的休息反倒能提升工作的效率。

「那我就接受妳的好意了。」

「嗯。分體也只保留最低限度需要的數量就好，剩下的就讓牠們全部去休息吧。」

「咦……」

要是我那麼做，就等於是讓遍布全世界的監視網暫時停止運作……

「回答呢？」

「……遵命。」

總覺得今天的魔王有點強勢。

看來她是打算全力逼我睡覺。

「……我也知道自己太依賴妳了。」

「嗯？」

魔王露出有些自我厭惡的表情這麼說。

「所以，看到妳累成那樣，我才希望妳能好好休息。」

「……我是自願做這些事情的。妳不要露出那種表情啦。」

「抱歉。不，這種時候應該說謝謝才對吧。」

「沒錯。」

「等到一切都結束以後，我想再次向妳道謝。所以，妳可不要在那之前就累倒喔。」

「是的老闆。」

既然是這樣的話，那我要睡了！

卯起來睡！

大家晚安！

# 間章　慰勞過勞孫女的奶奶

小白發出平靜的呼吸聲。

我很久沒看到她睡得這麼毫無防備了。

更何況，小白本來就很少睡得這麼毫無防備。

據我所知，她也就只有在剛完成神化後，失去力量的那段時期會睡得這麼熟。

就連在那段時期的初期，她也是充滿戒心，只要有一點風吹草動就會立刻驚醒。

也許是她後來逐漸開始信任我，或是覺得反正自己早就失去力量，就算保持警戒也沒用，才逐漸變得能夠熟睡。

當她寄居在魔族領地的公爵宅邸時，據說甚至還會睡到打呼。

可是，當她的實力開始恢復以後，就變得很少熟睡了。

自從她下定決心破壞系統拯救世界以後，就完全沒人見過她睡著的樣子了。

在那以後，小白一直都在努力，從來不曾休息。

她明明其實是個喜歡耍廢的傢伙……

看到她的生存之道，就讓我想起初代的怠惰支配者。

初代的怠惰支配者明明也喜歡耍廢，卻因為一直在工作而過勞死。
當時的我什麼都辦不到。
因為當時的我遠比現在還要弱。
不，就算是現在，我還是太過依賴小白，很難說自己有何貢獻。
我終究是系統內部的人。
對於系統外部的事情，我能做到的並不多。
頂多只能像這樣逼小白睡覺。
這讓我感到非常懊悔。
我想要多幫她一點。
而且這就像是把各種責任推給原本只是個外人的小白，讓我感到愧疚。
不光是小白。
還有蘇菲亞和拉斯。
雖然不是轉生者，但梅拉佐菲也是一樣。
他們都不遺餘力地在幫助我。
我覺得自己非常幸運。
說不定就跟過去被初代支配者們包圍時一樣，甚至更加幸運。
當時的我只是個受人保護的弱者。

可是，現在不一樣了。

我變強了。

變得能夠戰鬥，變得能夠擊敗波狄瑪斯。

我幫不上小白的忙。

可是，我會盡全力做好自己能做的事。

這是我能對幫助我的人們做出的最低限度回報。

然後，只有讓一切計畫都成功，才是對大家最好的報答。

莎麗兒大人。

還有已經離開這個世界的各位初代支配者。

你們等著瞧吧。

我會親手拯救這個世界。

一定會。

然後，希望我能跟小白他們一起為此慶祝。

所以，小白……

妳千萬不要太過勉強自己喔。

# 8 找系統打架的工作

軟綿綿的被窩睡起來最舒服了。

拜此所賜，我現在覺得神清氣爽。

疲勞全消除了。

「早安。」

「早安。」

我從軟綿綿的被窩中爬出來。

「那……我這次真的要出發了。」

「嗯。對了，這個先拿去吧。」

嗯？

魔王把某樣東西交給了我。

「……這是？」

「妳需要用到吧？」

她給我的確實是需要用到的東西。

「謝謝妳，這真是幫了大忙。」

「明明就是妳在幫我才對，不用放在心上。」

可是，這確實會讓我的工作變得輕鬆許多。

「我能做到的事情也就只有這樣了。」

……這種事情明明才不需要放在心上。

因為我會想要拯救這個世界，不為別的，正是為了幫助魔王。

「那……我出發了。」

「慢走喔，路上小心。」

……總覺得這有點像是家人之間的對話。

讓人有些難為情。

為了掩飾自己的害羞，我慌張地發動轉移。

我來到一個不可思議的空間。

這裡正是系統中樞。

地板上有著畫有幾何學圖案的巨大魔術陣。

魔術陣還延伸到牆壁與天花板，打造出散發著淡淡光芒的虛幻光景。

而在這幅光景的中央，有一位下半身彷若溶入空間般消失不見，像是被魔術陣束縛起來吊在半空中的女性。

她就是女神莎麗兒。

她是系統的核心，也是被奉獻給這個世界的祭品，更是被魔王稱作「母親」的重要之人。

『熟練度達到一定程度。』

『經驗值達到一定程度。』

『熟練度達到一定程度。』

然後，儘管女神的嘴巴沒在動，這個空間內依然同時響起這些聲音，就像是不協調的噪音。

這些是被神言教當成神之聲信仰的系統訊息。

只要來到這裡，我就會感到非常不舒服。

這個空間內的一切光景全都讓我感到不舒服。

或許是因為這些光景能讓我清楚見識到過去的人類有多麼自私，也或許是因為儘管魔王那麼仰慕女神，努力想要拯救她，但她本人卻不領情吧。

「……」

我輕輕搖頭，甩開雜念。

在這個充滿虛幻氣息的空間中，有幾隻白色蜘蛛現身了。

牠們是我的系統專用分體。

這些系統專用分體已經做好準備了。

以女神為中心，牆壁上有十四個顯眼的魔術陣。

那些魔術陣就是鑰匙孔。

只要把金鑰插進去，就能完成解鎖。

首先，我用已經到手的七把金鑰進行解鎖。

我原本就得到了六把金鑰，出發前魔王又給了我一把新的金鑰。

目前為止都是用正當步驟進行解鎖，所以沒有問題。

接下來才是問題。

我操控系統專用分體，與對應無人持有的支配者技能的魔術陣進行接觸。

我要開始強制解鎖了。

『發現異狀。』

但是，一道尖銳的聲音打斷了我。

有別於剛才那種有如不協調噪音般的聲音，那是清清楚楚地從女神口中發出的聲音。

『確認來自外部的干涉。防衛機制啟動。』

……事情果然變成這樣了嗎？

力量逐漸聚集到女神周圍。

她口中的防衛機制發動了。

畢竟我做的事情就跟小偷差不多。

居家保全系統會啟動也是沒辦法的事。

老實說，我早就猜到事情會變成這樣了。
我會這麼說，是因為我已經讓這個防衛機制啟動過一次了。
那是我在大戰中嘗試廢除勇者稱號時發生的事。
當時系統也跟現在一樣啟動防衛機制，用物理手段排除了試圖干涉系統的系統專用分體。
因為這個緣故，讓我嘗試廢除勇者稱號的行動以失敗告終，新任勇者山田同學誕生了。
我這次會以本體來到這裡，就是因為知道防衛機制會啟動，為了突破防衛機制而來。
就只有這件事情，缺乏戰鬥能力的系統專用分體無法勝任。
能源塊逐漸聚集在女神周圍，變成具有實體的黑色人影。
那些人影一片漆黑，只能勉強看出有著人型的輪廓。
對方一共有十二個人。
雖然我很懷疑那些東西能算不算是人。
『開始排除。』
正當我想著這些無關緊要的事情時，人影們在女神的號令下同時展開行動。
人影們筆直地衝向我……嗚，好快！
我往旁邊移動半步，一顆拳頭劃破空氣，從我的臉旁邊衝了過去。
原來是其中一道人影以非常驚人的速度接近我，揮拳攻擊。
速度快到不行！

真的超級快！

嚇死人了！

啊……我真的嚇到了。

我可能有些太大意了吧。

也許是因為我變得相當會運用神的力量，才會掉以輕心。

沒想到我會差點被那種預備動作超明顯的拳頭擊中。

唔……又來了！

同一道人影再次衝了過來。

那是動作遠遠算不上洗練，充滿野性的豪邁突擊。

然而，光是有那種驚人的速度，就足以對我構成威脅了！

可是，因為對方只會筆直衝過來，所以很容易就能避開。

我跟剛才一樣，往旁邊移動腳步，躲開攻擊。

當人影衝過去後，我才聽到「轟」的一聲。

聲音竟然慢了一步……這不就表示那傢伙比音速還要快嗎！

光論速度的話，那道人影應該超越魔王了吧？

正當我暗自敬佩時，看不見的刀刃向我襲來。

糟糕，我都忘了敵人不是只有那道速度很快的人影了。

這……難不成是絲嗎！

向我襲來的東西是肉眼看不見的超級細絲。

一共有十根。

好像是其中一道人影從十隻手指各射出了一根，並且加以操控。

哼，竟然有人敢用絲向我挑戰！

不自量力的傢伙！

看我怎麼反過來教訓你！

於是，我也從十隻手指各射出一根絲，迎擊人影射出的絲。

哈哈哈！就憑那種操絲技術，根本比不上我……嗚，不會吧！

這傢伙的技術竟然跟我不相上下！

這怎麼可能！

世上居然還有實力不遜於我的絲術師！

絲線像是鞭子般撞在一起，以纏繞的方式互相牽制，嘗試切斷對方操縱的絲。

在如此攻防的過程中，雙方的實力毫無高下之分。

正當我忙著應付這傢伙時，快速人影發動第三次的突擊！

我暫時停止跟絲人影戰鬥，拉開距離逃跑。

另一道人影突然出現在我背後。

這傢伙是什麼時候出現的！

因為來不及回頭，我從背後發射黑暗槍。

雖然不是很好看，但其實魔術可以從全身上下的每個地方發射！

試圖偷襲我的人影在完全無法預測的情況下被我成功反擊！

我才剛這麼想，那道人影就突然消失無蹤，跟出現的時候一樣。

這次我試著探知氣息，搞懂了對方消失的原理！

那道人影可以把自己的身體變成霧，讓人誤以為它是憑空消失。

證據就是——那道霧聚集在一起，又重新變成人影了。

那種像吸血鬼的能力是怎麼回事！

我記得吸血子也能辦到同樣的事情對吧！雖然吸血子和梅拉都很少用這招就是了！

唔……是絲線！

絲線包圍著我，讓我無處可逃，為了抓住我而逐漸逼近。

撤退！用轉移！

我用短距離轉移逃掉了。

呼……好，重新來過……嗚哇！

快速人影從我身旁掠過！

拜託暫停一下！

讓我喘口氣吧！

空間遮斷！

我遮斷四方的空間，形成一道類似立方體箱子的防護罩。

我把空間遮斷了，所以不管是用物理攻擊還是魔法攻擊，都不可能破壞這個防護罩。

如果要從外面解除防護罩，就得跟我一樣精通空間魔術。

換句話說，這種防護罩近乎無敵。

只是有個缺點，那就是因為聲音與光線都會被完全遮斷，所以我也無從得知外面的情況。

總之，這樣就能抵擋敵人的攻擊了。

趁這段期間稍微喘口氣吧。

這些防衛機制的人影比我想像中的還要強。

雖然這也是因為我可能掉以輕心了，或者太有自信，但能把我逼到這種地步還是很奇怪吧。

我好歹也是個神。

就能力上來說，應該已經比女郎蜘蛛時代還要高上不少了才對……

現在的我，強項是空間魔術，如果把戰鬥力換算成能力值的話，應該比不過魔王。

就算是這樣，換算後的能力值應該也有五到六萬左右才對。

然而，我居然應付不了那些人影，這到底是怎麼回事？

感覺像是在對付好幾個跟魔王同等級的強敵。

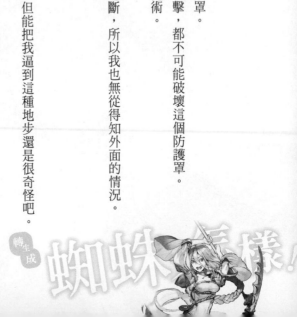

不，那些人影個別的實力其實比不過魔王。

頂多就是吸血子或鬼兄那種等級吧？

嗯，就是那種等級沒錯。

這種敵人居然有十二個……

而且我目前只知道快速人影、絲人影與霧人影這三個傢伙的能力。

還不曉得其他九個傢伙有什麼能力。

考慮到前面三個傢伙都這麼有個性這點，剩下的九個傢伙應該也不會是能力相同的量產型人影。

最好認定對方擁有某種危險的能力。

真不愧是負責保護系統的防衛機制。

雖然沒有給我那種絕對贏不了的絕望感，但看來這會是一場出乎預料的苦戰。

好！

我現在冷靜多了。

重新打起精神吧。

……總之，就這樣解除防護罩也有點危險，我決定直接轉移到防護罩外面，離這裡有段距離的地方。

我從完全無光，也沒有聲音的空間中得到解放。

而我率先看到的光景是……嗚哇，那一大群怪物是怎麼回事……

我剛才躲藏的立方體空間遮斷避難區，被一群狀似野獸的黑影圍住，完全看不見了。

剛才明明還沒有那種東西……

它們到底是從哪裡跑出來的……

我才剛這麼想，就馬上找到原因了。

其中一個人影正在不斷製造野獸。

那傢伙就是犯人。

要是放著那傢伙不管，那種野獸該不會會永無止境地跑出來吧……？

看來有必要優先擊敗那傢伙。

在此之前……

我在自己前方展開空間遮斷的牆壁。

快速人影猛烈地撞了上去。

在這種短時間內面對好幾次同樣的攻擊，不管速度有多快，也還是會習慣。

快速人影以它引以為豪的速度撞上空間遮斷壁，承受了百分之百的反作用力。

如果是普通牆壁的話，部分衝擊力會被牆壁吸收掉，但空間遮斷壁不是實體牆壁，而是透過遮斷空間完成的牆壁。

一旦撞上去，撞擊時的衝擊力就會全部回到衝撞方身上。

快速人影無力地癱倒在地。

先解決掉一個了。

……我才剛這麼想，待在後方的人影就發出一道光芒，直接擊中快速人影。

快速人影重新緩緩站了起來。

嗚……竟然還有補師……

既然對方擁有恢復手段，要是不擊敗那個補師人影，敵人就會一直恢復，讓我陷入苦戰。

能夠召喚野獸的召喚人影和補師人影。

雖然這兩個傢伙都應該優先擊敗，但我該先擊敗哪一個？

果然還是補師人影吧。

就算我先攻擊召喚人影，要是它又被補師人影救回來，那就沒有意義了。

補師都該殺，無須憐憫。

於是，我一邊避開重新復活的快速人影、絲人影、霧人影與同時進逼的獸群，一邊鎖定補師人影。

快速人影只會用單調的突進攻擊，只要不勉強用絲對抗，絲人影也不是沒辦法應付。

只要小心注意，就能猜到霧人影出現的瞬間。

我剛才是第一次對上這些傢伙，又被對方同時攻擊，才會應付不來，但只要摸清底細，這些傢伙就構不成威脅了。

至於那些數量驚人的野獸，也沒什麼大不了的。

老實說，那些野獸很弱。

我為了牽制敵人而亂射一通的黑暗魔術就足以將它們全數消滅。

相較於人影們的實力，它們弱了一大截。

或許正是因為如此，召喚人影才能永無止盡地召喚那些野獸。

才剛把那些野獸殺光就又不斷地跑出來，實在有夠煩人。

而且敵人莫名有默契。

原因八成是那個站在召喚人影旁邊對著我比手畫腳，像是在下達指示的人影吧。

難道那傢伙擁有指揮系的能力嗎？

不光是這樣，那傢伙或許還能賦予友軍提升能力的增益效果。

似乎是因為那個指揮人影在對那些野獸與其他人影下達指示，敵人才會聯手向我發動攻擊。

那傢伙的能力雖然不起眼，但卻很麻煩。

話雖如此，我還是要先解決掉補師人影！

我抓住斷斷續續襲來的野獸與快速人影的攻擊空檔，朝向補師人影射出黑暗槍。

黑暗槍筆直射向補師人影，卻被挺身擋在補師人影面前的其他人影擋下了。

那是個拿著盾牌的人影。

居然有辦法擋住我的魔術……

這些人影果然相當強。

任何一個人影都有換算後破萬的能力值，以魔物來說，這種戰鬥力已經相當於神話級了吧？

而這種傢伙居然多達十二個，憑系統範圍內的戰鬥力，這道關卡應該很難攻略吧？

如果是魔王的話，應該還勉強有辦法……

不，就算是魔王，想要單槍匹馬闖關應該也很困難吧。

如果她還帶著人偶蜘蛛之類的部下，應該還勉強有辦法。

就連魔王都會這樣了，照理來說應該不可能突破這道關卡才對。

這就表示系統不允許作弊是嗎？

不過，我還是要這麼做！

補師人影被一分為二了。

我用空間遮斷把補師人影砍成兩半。

這招是直接把空間遮斷，不可能用物理手段防禦。

如果想要對付這招，就只能用跟我同等或是更強的空間操控能力去對抗，或是直接閃躲。

只不過，我對自己的空間操控能力相當有自信，就算想要用躲的，這招也沒有前兆，想要事先察知並且閃躲是件非常困難的事。

也就是說，這是一招只要發動，敵人幾乎都會當場斃命的犯規攻擊。

這次真的解決掉一個了。

……我才剛這麼想……

一個體型肥胖的人影就衝了過去，發出光芒照耀被斬成兩半倒在地上的補師人影。

然後，補師人影就像是什麼事情都沒發生一樣，復活了。

喂……

原來你們連復活都會嗎？

而且那種能力還不是在補師人影身上。

沒人告訴我這件事。

喂喂喂！系統大人啊！

雖說這是系統中樞的防衛機制，但在這個世界最不該做的事情就是復活死者，讓防衛機制擁有這種能力好像不太對吧？

因為如果生物不死，這個世界就無法回收能源，所以阻止系統回收能源的復活能力才會是禁忌吧？

雖然還不到犯規的地步，但也算是沒有常識的行為了。

難道系統不是應該避免做出這種沒有常識的行為嗎？

就連在技能之中，也只有山田同學擁有的慈悲可以復活死者。

遊戲的平衡都被破壞掉了。

不過，想到這是系統營運者對違規者的懲罰，那應該還算是合理吧？

光是沒有立刻被禁用帳號就已經算是恩賜了嗎？

畢竟只要使用D的力量，應該能做出足以讓我瞬間消失的懲罰吧。

既然系統沒有那麼做，就代表這種難關已經算是手下留情了。

而既然有手下留情，就表示D還有打算讓人通關。

雖然我覺得難度設定有著嚴重的失誤就是了！

還是說，D其實是在刁難我？

就是「這種程度的關卡，妳就想辦法過給我看」的意思是嗎？

……啊，可是，確實有可能是這個意思。

D曾經說過，因為對這個一直停滯不前的世界感到厭倦，她才會放著這裡不管。

換句話說，就是這個世界的人們沒辦法達到D所要求的水準。

真不愧是邪神大人。

強迫別人突破超級困難的關卡，看到對方無法通關就失去興趣不管了……

這樣會不會太自私了？

不過，這就代表她擁有可以被允許……不，是別人不得不允許她這麼做的實力吧。

事實上，我也無法向她抱怨。

她簡直就是實踐「力量就是正義！」這種信條不會有好結果的範本……

這個世界會陷入這種絕境，果然是D害的吧？

因為D要求的水準太高，通關難度才會高到不行……

難怪魔王與教皇拚命努力也沒能得到成果。

想到這裡，我就覺得有點不爽。

為什麼魔王非得因為那個邪神胡搞而過得那麼辛苦不可？

而且我現在也正為此苦戰！

我用空間遮斷把快速人影斬成兩半。

但是絲人影、霧人影與無數野獸在下一瞬間發動猛攻，逼我得要專心閃躲。

就在我專心閃躲時，快速人影被復活人影復活了。

從剛才開始，就不斷在上演同樣的劇情。

快速人影被我解決掉最多次，絲人影與霧人影也被我擊敗過幾次。

但它們每次倒下後都會重新復活。

當它們被空間遮斷一擊斃命時，就由復活人影負責救人；當我失手沒能直接殺掉它們時，則由補師人影負責救人。

這讓我有種一直在玩打地鼠遊戲般的感覺。

看來只有那個復活人影能讓人復活，就連補師人影也沒用過那招。

所以，只要我能想辦法解決掉復活人影，這場戰鬥就會變得輕鬆許多，但對方也很清楚這件事。

復活人影被其他人影徹底死守著。

由盾人影與結界人影負責聯手保護它。

如果使用空間遮斷，不管對方有沒有肉盾，我都能夠無視肉盾直接解決掉目標。

……原本應該是這樣才對，但這招實際上卻被對方破解了。

對方到底是怎麼防禦可以無視距離與防禦力，直接使出即死攻擊的空間遮斷的呢？

其原理就跟龍擁有的魔法阻礙效果一樣。

龍鱗與結界系技能所擁有的魔法阻礙效果，可以對建構魔法的過程進行干涉，讓魔法的效果降低。

而其實魔術也有這種建構的過程。

只要是在理論上可以阻礙魔法的技能，也能阻礙我的魔術。

只不過，條件是進行阻礙的力量必須相當強大。

畢竟那股力量必須對我建構魔術的過程進行干涉。

而我可是曾經擁有魔導的極致這個技能的前魔法專家。

就算從魔法變成魔術，我的實力也沒有衰退……應該吧。

然而，我的魔術卻受到阻礙了。

犯人正是盾人影與結界人影。

盾人影舉著顯而易見的盾牌，結界人影也展開著顯而易見的半透明防護罩。

那道防護罩應該就是結界，阻礙了我施展的魔術。

只不過，很難想像光靠一個人影的力量，就能讓我的魔術失效，我猜那個盾人影應該也有阻礙魔術的能力。

換句話說，對方是兩個人聯手破壞我的魔術。

雖然我很擅長空間魔術，就算不用特別在意也能迅速發動，但其術式十分困難，而且非常纖細。

就算沒辦法突破對方兩個人的聯手阻礙也是無可奈何的事！

以上就是我的藉口。

實際上，就其性質來說，空間魔術發動的起點是空間。

如果發動的起點在敵人的阻礙範圍內，就算我想要發動空間魔術，術式也會在一開始就被分解，比其他魔術還要容易受到阻礙。

可是，就算我想要從遠距離用普通魔術進行狙擊，也還是不行。

我試著射出黑暗槍，但威力卻在擊中結界的瞬間大幅下降，之後又撞到衝上前的盾人影的盾牌，空虛地消失無蹤了。

唔……

這兩個傢伙的阻礙能力還真強。

應該跟吸血子不相上下吧？

拜嫉妒的支配者這個稱號所賜，吸血子擁有天鱗這個龍鱗系技能的最上位技能，而且等級還升到了最高。

換句話說，那是最頂級的魔法阻礙系技能。

在我看來，盾人影與結界人影所擁有的阻礙能力足以匹敵吸血子了。

不，結界人影的阻礙能力甚至好像比她還要強。

真是難纏。

這些傢伙到底是怎麼回事……

每個傢伙還真的都是能以一擋百的猛將……

這種傢伙居然有十二個，這也未免太奇怪了吧……

我快要打不下去了。

快速人影、絲人影、霧人影、召喚人影、指揮人影、補師人影、復活人影、盾人影、結界人影……

這樣就有九個了。

至於剩下的三個，其中一個就守在女神面前，至今依然沒有行動。

剩下的兩個正在到處追殺我的系統專用分體。

其中一個似乎擁有各式各樣的能力，正在使用所有屬性的魔法對四處逃竄的系統專用分體發動攻擊。

它還疑似用念動力讓好幾把武器浮在空中，那些武器可以是劍，也可以是斧頭，也可以是槍，毫無統一性可言。

可是，既然特地讓那些武器浮在空中，就表示它應該都會使用。

這傢伙還真是多才多藝。

至於另外那一個，則讓我有些搞不懂了。

雖然它好像對系統專用分體做了些什麼，但全都被抵擋住了。

我知道系統專用分體受到某種看不見的攻擊，卻不曉得那到底是什麼攻擊。

既然那些攻擊全都被抵擋住了，那老實說，就算不予理會也行。

可是，見識過其他人影的能力以後，我有種要是沒能抵擋那種攻擊，後果恐怕不堪設想的預感。

既然不是針對我這個本體，而是特地針對分體發動攻擊，我猜那應該不是即死攻擊那種可怕的招式。

不，應該也有可能是即死攻擊吧？

敵人可能是打算先解決掉看上去就很弱的分體。

可是，那些攻擊毫無效果。

如果是這樣的話，我覺得它與其浪費力氣對付分體，倒不如來幫其他人影對付我。

我才剛這麼想，指揮人影就用手勢做出指示，派那個人影過來對付我。

嗯……

雖然分體無法分析敵人的攻擊，但如果是本體的話，或許有辦法分析吧。

剛才都在對付分體的神祕人影面向我這邊……這傢伙在做什麼？

神祕人影不知為何擺出奇怪的姿勢。

這個神祕的姿勢讓我更搞不懂了。

難不成它是在耍帥嗎……？

雖然完全漆黑的人影看不出表情，但那姿勢就像在對我拋媚眼一樣。

它對分體施展過的神祕攻擊也在同時飛了過來，依舊輕易地就被抵擋掉了。

嗯……嗯……

我到底該做何反應？

在這種認真對決的時候，突然跑出一個讓人想要吐槽的傢伙，我也很傷腦筋……

神祕人影又換了個姿勢。

咦？我到底該做何反應才好？

既然有某種肉眼看不見的攻擊飛過來，就表示那種姿勢應該不是毫無意義，可是……

呃……要姑且分析一下這種神祕攻擊看看嗎？

我試著找出神祕人影使出的隱形攻擊的真面目。

……我懂了。

這是魅惑系的攻擊。

就是魅惑對手，讓對手任自己擺布。

也就是說，那種姿勢其實是在耍帥嗎……

那應該是為了要加強魅惑攻擊的效果吧？

可是我是蜘蛛，對異種族戀愛不是很感興趣……

而且我好歹是個神。

神已經是完整的個體，沒必要進行生殖活動。

更何況神幾乎不會死。

生殖活動的目的不就是為了把自己的基因留到後世嗎？

可是神本來就是永生的，而且幾乎不會死去，就算不進行生殖活動，基因也會在本人身上一直流傳下去。

而戀愛感情這種東西建立在生殖活動上，魅惑又是建立在戀愛感情上的異常狀態……

換句話說，那種招式根本不可能對神管用……

雖然在地球的神話中，其實有很多愛得死去活來的肥皂劇劇情就是了……

先不管那麼多了。

總之，那種事情與我無緣。

既然它會對有著蜘蛛外表的分體施展那招，就代表那招應該也對異種族有效，可惜它這次碰

上了不好的對手。

話說回來，就算我還有那種感情，看到完全漆黑的人影擺出帥氣的姿勢，也不可能會愛上它吧！

如果對方至少有著帥哥的外表，那在視覺效果上或許還有得救，但因為對方只是個人影，所以這幅光景只讓人覺得莫名其妙！

不，就算對方是個帥哥，要是在打鬥的途中突然擺出帥氣姿勢，也還是一樣莫名其妙！

這個神祕人影……更正，魅惑人影之後也拚命地擺姿勢，還順便跳起了舞，但還是對我完全不管用……

那種獨自一人孤單表演的模樣實在讓人感到哀愁。

……總之，反正這傢伙人畜無害，我就放著不管了。

至於忙著追殺分體的多才人影，在追殺分體的期間也不會過來這邊，所以不用理會。

系統專用分體毫無戰鬥能力，無法完全擺脫多才人影的攻擊。

但系統專用分體數量眾多，就算無法完全擺脫，只要專心閃躲，還是能多少爭取些時間。

在分體全被消滅以前，應該得花上不少時間。

只要我能在那之前擊敗其他人影，讓戰況變得對我方有利，那傢伙就不足為懼了。

不過，為此就得先解決掉復活人影才行。

如果要解決掉復活人影，就得先解決掉盾人影與結界人影。

而如果要解決掉盾人影與結界人影，靠遠距離攻擊根本沒用，非得設法接近對方不可，但快速人影、絲人影與霧人影會阻礙我，不讓我那麼做。

就算我想要先解決掉那三個傢伙，復活人影也會復活它們……

根本沒完沒了。

這到底是什麼爛遊戲啊！

在負責擔任前衛的三個傢伙之中，快速人影並不難對付。

雖然它的速度令人驚嘆，但我可不會敗給只會筆直衝過來的傢伙。

問題在於剩下的兩個傢伙。

絲人影非常難纏。

它會操縱十根絲線，展開變化自如的攻擊。

而且就算我鑽進死角，它也會像是背後長了眼睛一樣冷靜地應付。

至於那種漆黑人影到底有沒有眼睛這個問題，就暫時先不管了。

至少其他人影都有移動臉部，做出試圖看向我的動作，所以它們的視覺應該跟普通人類一樣吧。

就只有絲人影比較特別。

這傢伙似乎擁有不需要依賴視覺的感知能力。

然而，它的攻擊手段卻是肉眼難以看見的超級細絲。

噁心！真是太噁心了！

而且當我想要從正面擊敗它，與它正面對峙時，又有某種攻擊飛了過來。

那是跟魅惑人影一樣的隱形攻擊。

我猜那八成是魔眼或邪眼，總之就是用眼睛看到就能發動的能力。

只要進到絲人影的視野之中，我就能感覺到能源在逐漸減少。

那八成是咒怨的邪眼吧。

咒怨的邪眼擁有讓敵人的HP與MP慢慢減少，並且讓能力值逐漸下降的效果。

雖然我在神化後失去了那些能力值，但我體內的能源似乎直接代替那些能力值減少了。

因為減少的量微不足道，所以傷害幾乎等於零，但遭到這種攻擊依然會讓人不舒服。

我自然而然地在無意識中逃離絲人影的視野，導致對手變得容易預判我的行動。

傷害微不足道，只要無視那種攻擊就行了，而我也實際告訴自己應該那麼做，但果然還是會在無意識中想要閃躲。

噁心！真是太噁心了！

而且這傢伙還能躲過我的空間遮斷！

我覺得這是因為它擁有不依賴視覺的感知能力，才能找出微不足道的攻擊前兆，藉以閃躲攻擊。

拜此所賜，光用不經思考的攻擊是沒辦法解決它的。

還必須夾雜著佯攻與其他攻擊才行。

這會讓我不得不增加多餘的攻擊次數，給對手更多反應時間。

而且還不只是這樣！

這傢伙就算被空間遮斷擊中，有時候也不會倒下。

雖然不曉得原理，但就算處在明顯受了致命傷的狀態下，它也還是能夠行動。

在那種情況下，不需要復活人影出馬，光靠補師人影的遠距離治療就足以讓它復活，簡直難纏到了極點。

不但可以避開空間遮斷，就算被擊中也不見得會死掉，實在有夠噁心！

可是，要是放著那傢伙不管，絲和邪眼又會毫不留情地殺過來。

噁心！真是太噁心了！

這傢伙超級難對付。

雖然很強悍，卻是我過去不曾遇過的那種強悍。

所謂的強者，通常都有著顯而易見的強悍實力。

像這種擅長出陰招，與其說是實力派，倒不如說是技巧派的類型相當罕見。

如果是能力值不高的人類，應該也有這種技巧派的人存在，但如果是能力值破萬的強者，直接依靠強大的能力值壓制敵人比較省事。

這就跟格鬥技高手無法挑戰神盾艦是一樣的道理。

如果要那麼做，不如我方也直接準備一艘神盾艦。

而絲人影就是儘管擁有神盾艦等級的戰力，卻使用有如格鬥技高手般戰法的罕見敵人。

……連我自己都覺得這個比喻很難懂。

然後，相較於這個技巧派的絲人影，霧人影則是純粹靠自己的實力壓制敵人的類型。

霧化後的偷襲。

變身成巨狼攻擊。

依靠強大的能力值展開肉搏戰。

黑暗系的魔法攻擊。

依靠自己的防禦力與自我再生能力展開魯莽的突擊。

如果絲人影是依靠人類技巧戰鬥的類型，那霧人影就是依靠怪物暴力戰鬥的類型。

怪物……不，那傢伙應該算是吸血鬼才對。

雖然戰法跟吸血子與梅拉相差許多，但有好幾種能力我都有印象。

吸血子與梅拉是強在其近似人類的戰鬥風格，但這個霧人影卻是其吸血鬼的能力純粹很強。

可以算是正統派的吸血鬼吧。

雖然早在身為吸血鬼的時候就沒有什麼正統派可言了。

就身為人型怪物這點來說，比起吸血子和梅拉，這傢伙可能更接近魔王吧。

簡直就是能力值與技能的暴君。

雖然在技術層面遠遜於絲人影，卻有著足以彌補這個弱點的強悍實力。

不過，光是身為吸血鬼，就已經算是技巧派了，所以也不太能算是純粹依靠強悍實力。

總之，這傢伙很強。

絲人影有著神祕的鎖血能力，就算被空間遮斷擊中，有時候還是能夠存活，而霧人影有時候被空間遮斷擊中也同樣不會死。

以這傢伙的情況來說，就純粹只是生命力與再生能力太過強大，其中沒有任何機關！

就算身體被砍成兩半，也能用自己的力量接起來再生，會不會太誇張了點？

那種用強大生命力當作武器，毫不防禦就衝撞過來的攻擊，如果不是我的話，肯定沒辦法應付。

不過！換句話說就是我有辦法應付！

雖說這傢伙很強悍，但還是差上魔王一大截，而且甚至還比不過吸血子。

雖然對現代的人類來說，光是這樣就很有威脅性了。

如果只有一個人影的話，我能夠輕鬆應付。

問題在於這些傢伙會聯手攻擊，即使是絲人影和霧人影這種能在一對一的情況下輕鬆應付的對手，一旦兩人聯手就會變得相當難纏。

而且當我打到一半，快要忘記的時候，快速人影又會突然衝過來，讓我無法掉以輕心。

要是只專心對付絲人影與霧人影，就會不小心忘記快速人影的存在，被它趁機偷襲。

召喚人影能無限制呼叫出來的野獸也有些煩人。

雖然根本算不上是戰力，但因為數量很多，所以會擾亂我的注意力。

就跟在眼前飛來飛去的果蠅一樣。

實在是討厭到了極點。

因為找不到能一股作氣突破現況的對策，我只能讓時間緩緩流逝。

話雖如此，我也不會被擊敗。

雖然我一直說那些人影很強大，但我跟它們的基礎能力差太多了。

人影們的團隊合作讓我無所適從，拉長了戰鬥的時間，但對方並沒有足以擊敗我的決定性手段。

想要傷害可以用轉移到處逃竄，還能使出名為空間遮斷的最強防壁的我，對人影們來說是很困難的事情。

雖然並非絕對不可能就是了。

不過，就算它們成功傷到我，只要能源沒有枯竭，我就都能再生。

畢竟我曾經擁有不死這個技能。

即使現在已經失去了技能保障的不死身，我依然記得擁有不死身時的感覺。

該怎麼做才能在只剩下一顆腦袋時不會死去？

該怎麼做才能在那種狀態下進行再生？

我已經找出那些方法，變得能夠重現不死身了。

所以，就算被打到粉身碎骨，我也不會死。

你說我開外掛？

那又怎樣！

只要不會死就夠了！只要能打贏就行了！

事情就是這樣，如果人影們沒有更強大的隱藏王牌，就不可能擊敗我。

至於我這邊，其實是有辦法擊敗那些人影的。

如果有人覺得我遲遲無法擊敗對方還好意思替自己找藉口，那就大錯特錯了！

我也不想把戰鬥拖得那麼久啊！

我說自己其實有辦法擊敗那些人影，並不是騙人的。

我只是擔心要是使用那招，這裡不曉得會變得如何，才會不敢付諸實行。

換句話說，因為這裡是超級重要的系統中樞，才會讓我沒辦法使出可以一次解決那些人影的強大攻擊！

要是我做出那種事，系統搞不好會出現莫名其妙的異狀，讓人想到就害怕！

在最壞的情況下，我說不定會把被困在這裡的女神轟飛，導致系統損壞強制關機，世界就此滅亡！

這種事情也是有可能發生的。

天啊，這也未免太可怕了吧。

都已經來到這個地步了，誰也不想看到那種壞結局吧？

因此，我無論如何都不得不謹慎行事。

我必須在不傷害到系統與女神的情況下，只把那些人影排除。

因為這個緣故，那種可以把人影們一次解決掉的廣範圍強力攻擊必然會波及到女神與系統，所以只能封印。

就算我設法縮小攻擊範圍，比如說發射威力強化過的黑暗槍，也可能在貫穿那些人影後，連後面的牆壁一併貫穿，導致系統出現異常，所以還是不能那麼做。

我從剛才開始就一直只使用空間遮斷，就是因為這是可以只攻擊目標位置，而且殺傷力最強的招式。

如果沒有不能傷害到系統或女神這樣的限制，我就有更多對付敵人的手段了……

唔……

感覺只是在浪費時間而已。

因為戰況實在沒有什麼變化，我便一邊戰鬥一邊觀賞山田同學一行人的艾爾羅大迷宮探險記直播。

不過，我也只能觀察那邊的情況，沒有餘力加以干涉。

明明正在激烈廝殺，戰況卻毫無變化。

感覺已經僵持了一千天，無計可施了。

事實上，雖然當然還不到一千天，但從戰鬥開始以後，已經過了好幾天了。

山田同學一行人明明在艾爾羅大迷宮裡順利地前進，我卻連一個人影都無法擊敗，被困在這個地方。

拜此所賜，我無法出手阻礙山田同學一行人。

啊！難不成這也是天之加護的效果嗎！

為了讓我無法出手阻礙，才會讓我在這裡戰鬥這麼久！

……不，這應該是我想太多了吧。

畢竟決定在這個時間點入侵系統的人是我。

把所有問題都怪罪到天之加護頭上並不是好事。

只是就結果來說，事情的發展確實對山田同學等人有利。

唉……真沒天理……

我差不多該設法打破這個僵局了。

嗯……

這些人影果然都不會後繼無力……

照理來說，如果一直都在戰鬥，總是會有後繼無力的時候。

體力會耗盡，魔力也會耗盡。

這點就連我都不例外，不可能永遠戰鬥下去。

以我的情況來說，是因為儲備的能源很多，而且我有一直提醒自己盡量節約能源，才能持續戰鬥這麼久。

不能施展強力絕招這個限制，也逼得我不得不保留實力。

相較之下，那些人影肯定是全力戰鬥，毫無保留。

快速人影就是這樣。

引擎全速運轉。

那種不顧後果的全速衝刺已經持續好幾天了。

考慮到人影們的能力強度，它們應該有辦法一整天都全力戰鬥吧。

但連續好幾天是不可能的。

絕對會後繼無力。

既然這件事沒有發生，就表示這些傢伙應該受到了系統無止盡的支援。

因為這個緣故，它們的ＭＰ與ＳＰ隨時都是滿的。

我會陪那些人影在這邊慢慢耗，是因為在等待它們後繼無力，既然知道那種事情不會發生，就必須改變方針了。

就算得用稍嫌強硬的手段，也得脫離這種膠著狀態。

畢竟系統專用分體被多才人影殺掉了相當多。

如果系統專用分體全滅，多才人影應該也會來攻擊我吧。

雖然我應該是不會因為這樣就抵擋不住，但事情肯定會變得比現在還要麻煩。

此外，還有一個理由讓我急著想分出勝負。

既然那些人影有受到來自系統的支援，就表示它們一直都在透過系統補充能源。

換句話說，這場戰鬥打得越久，儲存在系統內的能源就會變得越少。

雖然人影們在這場戰鬥中用掉的能源並不是很多，但也還是會有所減少。

我們當初不惜引發大戰，害得許多人戰死才回收的能源會減少。

這可不是件好事。

那是建立在許多犧牲之上的能源。

想也知道不能白白浪費在這種事情上。

事情就是這樣，還是趕快分出勝負吧。

……話雖如此，但我到底該怎麼做？

如果只是要一口氣消滅人影，我當然辦得到。

問題在於能不能不要傷害到系統或女神。

方案一：一邊祈禱不要傷害到系統或女神，一邊用廣範圍高破壞力的招式殺光人影。

駁回。

要是我失手了，在最壞的狀況下有可能導致世界滅亡，把希望寄託在這種不確定因素太大的

方案上，實在太危險了。

雖然我很懷疑系統會不會這麼不堪一擊，但女神的下半身已經消失，給人一種風中殘燭般的感覺。

她看起來虛弱到彷彿只要不小心被流彈擊中，就很有可能直接歸西。

要是因為這種無聊的理由殺死了女神，我就沒臉去見魔王了。

方案二：我一點一點提升攻擊威力，等到超過盾人影與結界人影的防禦力後，就把復活人影解決掉。

雖然這個方案看似相當可行，但其實還挺困難的……

魔術與魔法相當類似。

因為魔法就是系統這個超巨大魔術的一部分。

就這層意義來說，魔法也可說是魔術的一部分。

魔術也跟魔法一樣有著架構，這也可說是魔術的設計圖。

只要按照架構完成術式，再把能源灌注進去，就能發動魔術了。

架構這種東西就類似於設計圖，威力之類的規格都事先決定好了。

想要把房子蓋得大一點，就直接放大設計圖的比例尺，其實並不能把房子蓋好。

因為如果想要把房子蓋得大一點，就必須跟著改變支柱的粗細與材質。

同樣的道理，如果想要提升魔術的威力，就得對架構做出調整。

雖然同樣的道理也能套用在魔法上，但因為我擁有魔導的極致的輔助效果，所以可以任意調整威力。

但既然我現在失去了魔導的極致，那只能自己動手調整了。

而這種技巧有些困難。

如果只是要照已經完成的架構施展魔術，雖然算不上簡單，但經過這幾年的修行，我也練出點心得了。

我說過好幾次了，架構就像是設計圖。

雖然只是按照設計圖完成術式，再把能源灌注進去發動魔術，但只要反覆練習這個製作同樣東西並且同樣灌注能源的步驟，就能提升魔術的精密度，並且縮短發動所需的時間。

這個過程就像是把被分解成零件的槍組裝起來，裝上子彈扣下扳機一樣。槍的威力是固定的這點也很類似。

我覺得這個比喻很傳神。

如果想要提升威力，就得重新設計槍的結構。

老實說，這件事超級麻煩。

我當然有辦法稍微調整威力。

可是，頂多也只能稍做調整。

既然不曉得要提升多少威力才能突破對手的防禦力，那就必須相當謹慎地調整威力。

現在的我只能用手槍、步槍、火箭筒、波動砲這種超級粗略的等級劃分來調整威力。

如果要改動我會用的這些魔術，就會變成這樣。

如果要做這件事的話，應該就只能慢慢提升黑暗槍的威力，但這就跟慢慢增加手槍子彈裡的火藥差不多。

絕對會在途中失控爆炸……

可是，改用其他魔術，就像是從手槍改用步槍一樣。

發射步槍子彈可能會威力過猛，連後面的女神也一併射穿……

如果可以耗費相當長的時間一邊重新打造黑暗槍的架構一邊嘗試，也不是絕對辦不到，但不知道得花上多少時間……

嗯，只能駁回了。

方案三：召喚戰鬥分體。

如果把戰鬥分體召喚到這裡，就能憑著數量暴力一口氣殲滅那些人影。

雖然對方有十二個人，但我可以準備更多的戰鬥分體，所以應該能輕易取勝。

這是可以最確實且輕鬆地解決掉那些人影的方法。

只有兩件事令我擔憂。

一個是關於我能負擔的範圍，如果我要運用戰鬥分體，就得讓間諜分體暫時停止行動。

雖說我超級優秀，但能同時運用的分體數量還是有限的。

因此，如果要運用戰鬥分體，就得讓相應數量的間諜分體暫時停止活動。

不過，因為系統專用分體被多才人影殺掉了一些，所以讓我多了點餘力。

再加上，只要能在短時間內一口氣殲滅那些人影，間諜分體停止活動的時間也不會太長。

我可以從就算不一直監視也沒問題的地區之中，選擇要讓其停止活動的間諜分體。

因此，這個問題的影響並不大。

真要說的話，另一件令我擔憂的事情或許才是個大問題。

不過，這也可能只是我杞人憂天吧。

有人可能會聽不懂我在說什麼，其實就是我心中有個疑惑。

那就是要是我找來援軍，對方會不會也加派人手。

因為那些人影看起來完全就是量產型角色。

雖然實際與我交戰的每個人影都有特別的能力，但外表上幾乎沒有區別。

就只有體型豐滿的復活人影容易辨識。

看到它們那種感覺起來就能量產的外表，誰敢斷言一定不會有援軍？

誰敢斷言讓對方派出援軍的導火線不會是我方的援軍？

畢竟配合敵軍的數量增加戰力，可說是戰爭的基本原則。

就算想試著召喚一隻分體試試，但只要想到在召喚出分體的瞬間，敵人說不定會加倍變成二十四個，我就不敢隨便嘗試。

如果這只是我想太多，人影最多只有這些的話，那當然是沒問題。

只不過，這個防衛機制的製作者可是那個D……

不管會發生什麼事情都不奇怪。

就這種不好的意義上來說，她值得信賴的程度可說是出類拔萃。

在最糟糕的情況下，可能會演變成我的分體軍團與人影大軍的對決……

這是什麼地獄般的光景啊……

不過，在我想到的方案中，這是最可行的一個。如果人影不會補充的話，這也是能讓我輕易取勝的方法。

嗯……嗯……嗯……

反正就算煩惱也無法打破現況，要不要乾脆豁出去試著召喚分體看看？

也許是我煩惱過頭惹的禍，當我注意到時，快速人影已經逼近眼前了。

啊，糟糕。

我會被直接撞上。

我在情急之下伸出手，這真的是完全沒經過大腦的反射動作。

就算我那麼做，也無法避免被快速人影撞上。

但我預期的衝撞並沒有發生，取而代之的，伸出去的手傳來握住某種東西的重量……

我握住的那樣東西，是一把白色的大鐮刀。

對了，我都忘記自己還有這個了……

這把白色大鐮刀是以神化前的我的前腳鐮刀為素材製成，還在我神化時吸收了大陸破壞炸彈的部分能源。

這把大鐮刀有著我身體的一部分，可以視作它跟我一起完成了神化。

也許是因為這個緣故，它偶爾會無視我的意志，擅自做出某些事。

不過，它擅自行動的時候，幾乎都是在剛才那種我需要幫助的情況下。

我覺得這傢伙絕對擁有獨立於我之外的自我意識，這應該不是我的錯覺吧？

畢竟它現在也隱約給我一種好像很得意的感覺。

不過，我能體會它的心情。

因為它在千鈞一髮之際跑出來替我解圍，還幫我把快速人影轟飛出去了。

嗯……

這傢伙把向我衝撞過來的快速人影轟飛出去了……

轟得連渣都不剩……

這也難怪，畢竟這把大鐮刀原本就具有腐蝕屬性。

所謂的腐蝕屬性，是能讓敵人當場斃命且屍骨無存的超危險屬性。

就連那位勇者尤利烏斯都無法抵擋，只能被腐蝕攻擊秒殺。

要是受到那種攻擊，就算是這些人影，似乎也不堪一擊。

而且沒有出現新的人影。
也許召喚大鐮刀不算是呼叫援軍，也可能是人影原本就不會繼續補充。
雖然不曉得答案到底是哪一個，但既然已經得到能秒殺敵人的手段，我也不需要特地召喚分體了。
事情就是這樣，我要用大鐮刀砍死它們！
我筆直衝向霧人影。
揮舞大鐮刀。
也許是判斷接下大鐮刀的一擊太過危險，霧人影想要變成霧逃跑。
哇哈哈哈！
沒用！沒用！沒用啦！
只要它變身成霧，也就是細微的粒子，絕大多數的攻擊應該就都打不中了吧。
可是……！
腐蝕屬性可是能讓人當場斃命的攻擊。
不管它的身體是不是變成細微的粒子，只要稍微被大鐮刀碰到，就會被死亡侵蝕。
大鐮刀斬斷變成霧的霧人影，就這樣把它砍得四分五裂。
太可怕了。
外掛武器太強了。

因為破壞力有些過強，我最近都沒拿來用。這把大鐮刀果然很強。

看來應該可以乾淨俐落地殺光那些人影。

接下來是絲人影。

十根絲向我襲來。

但我也是絲術師。

非常熟悉絲線的攻擊方式。

想要應付並不困難。

正確來說，我光是用大鐮刀隨便一揮，就能將那些絲都轟飛。

把絲轟飛後，我順勢衝進絲人影懷裡。

當我感覺到絲人影似乎正筆直注視著我的下一瞬間，我的身體隱約有種不太對勁的感覺。

……這傢伙似乎對我做了什麼。

不過被我抵擋掉了。

我輕易抵擋掉絲人影疑似為了做最後掙扎而使出的邪眼，用大鐮刀砍了下去。

如果那個絲人影擁有腐蝕的邪眼，我說不定會打得更辛苦。

雖然使用腐蝕的邪眼會讓使用者死於其反作用力，但只要讓復活人影替它復活就行了。

這樣一來，就算對方使出「用腐蝕的邪眼自爆、復活，然後再次自爆」這種可怕的招式，也不是什麼奇怪的事情。

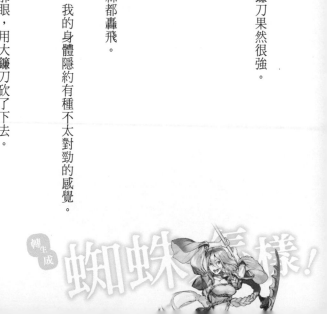

要是對方用了那種戰法，就算是我也會陷入危機。

畢竟這把大鐮刀已經證明了腐蝕屬性的可怕。

好啦，這樣敵人的前衛就全滅了。

再來就是那些後衛了……正當我這麼想時，多才人影改變目標向我殺了過來。

它胡亂發射魔法，還讓飄浮在空中的各種武器分別向我發動攻擊。

可是，雖然攻擊次數非常多，每次攻擊的威力卻都不高。

這些攻擊給我一種華而不實的感覺。

我隨手打掉飛過來的魔法與武器，用大鐮刀把多才人影的本體砍成兩半。

在身體被斬成兩半的下一瞬間，多才人影的身體就四分五裂了。

哦哦～

剛才的苦戰就像是騙人的一樣。

感覺超爽……

這一戰打了這麼久，我似乎也累積了不少壓力。

這種一擊殺死對手的爽快感真棒！

我好像快要上癮了……

好啦，那接下來就輪到可恨的復活人影了！別想跑！

我鎖定目標衝了過去。

雖然盾人影與結界人影挺身阻擋，但我不需要理會！

一刀，再一刀。

我連砍兩下，盾人影與結界人影就消失無蹤了。

再來就剩下愣在原地的復活人影了。

都是因為你這傢伙，我才會打得這麼辛苦！

哈哈哈！你好！去死吧！

我揮下大鐮刀。

另一個人影衝過來把復活人影推開。

那傢伙正是一直毫無意義地獨自耍帥的魅惑人影。

它居然挺身保護了復活人影。

這傢伙在此之前明明完全派不上用場，卻在最後關頭展現出男子氣概。

不過，我又接著揮出第二刀，把復活人影也砍成兩半了。

你說我殘忍？

雖然很令人難過，但這可是戰爭。

敵兵本來就該無情地殺掉！

剩下的就只有補師人影、召喚人影和指揮人影，以及一直鎮守在女神面前沒有行動的最後一個人影。

最後一個人影以外的傢伙都聚集在同一個地方，那我就從那三個傢伙開始解決吧。

在我展開行動以前，一直沒有行動的最後一個人影終於行動了。

我重新上緊自從拿到大鐮刀以後就放鬆下來的發條。

總覺得千萬不能對這傢伙掉以輕心。

最後一個人影將手舉到前方。

我有種肌膚隱隱刺痛的感覺。

啊……這傢伙真的不太妙……

我準備迎接敵人的攻擊。

然後，最後一個人影從手中發出光線！

糟糕！

這是濃度超高的能源塊！

要是被擊中的話，我也無法全身而退！

閃躲……不，我不能躲！

要是我避開了，這招就會擊中我後面的牆壁！

那很可能會讓系統也受到傷害！

明明是系統的防衛機制，別給我使出會傷害到系統的攻擊啊！

做好覺悟後，我正面迎擊光線。

我用大鐮刀擋在前面，用刀刃斬開光線。

沉重的反作用力傳到拿著大鐮刀的手上。

大鐮刀的腐蝕之力與光線的力量互相碰撞，抵消彼此的力量。

我使勁握住大鐮刀，免得大鐮刀因為反作用力而被擊飛。

嗚嗚嗚！

居然足以抗衡這把大鐮刀的力量，那道光線中到底灌注了多麼龐大的能源啊！

這傢伙會不會比其他人影強太多了！

糟糕……我手麻了……

就在我快要撐不住的前一刻，光線停止了。

呼……得救了。

要是光線再多持續個一秒，大鐮刀就會從我手裡飛出去。

到時候我就會被光線直接擊中，身體也會被轟得粉碎。

真是危險。

放完光線以後，最後一個人影就直挺挺地倒在地上了。

身體也逐漸消失。

難不成那傢伙把自己體內的所有能源全都灌注在剛才那道光線中了嗎？

它居然做出那麼可怕的事情……

雖然威力確實非比尋常，但沒想到那竟然會是捨命換來的一擊……

我總算明白那個人影直到最後才行動的理由了。

因為只要行動就會死，所以只能在緊要關頭行動。

雖然就用過就會死這層意義來說，那招就跟腐蝕攻擊一樣，但既然連身體都被轉換成用來攻擊的能源，不就代表連靈魂都會被消耗掉嗎？

如果是這樣的話，那可就比腐蝕攻擊的反作用力還要可怕了。

因為一旦靈魂消失就無法復活，甚至連要轉生都沒辦法。

如果是付出這種犧牲才得以使出的一擊，那我差點就要被逼入絕境也是可以理解的事。

那是獻上自己的一切，藉此殺掉對手的一擊。

因為對方不是人類，而是人影，才辦得到這種事。

要是有人類能辦到同樣的事，我會覺得那傢伙的腦袋有點問題。

雖然挨了意料之外的一擊，但這樣就只剩下三個敵人了。

反正對方應該不會有更厲害的隱藏王牌了，趕快解決掉吧。

於是，我把衝過來的獸群一口氣殺光，然後解決掉召喚人影。

由於補師人影與指揮人影本身毫無戰力可言，所以也被我輕鬆解決了。

漫長的人影戰終於結束了。

我跟倖存的系統專用分體一起繼續入侵系統。

因為多才人影的緣故，系統專用分體減少了相當多。

得補充新的才行。

雖然我想立刻補充，但還是得優先破解金鑰。

我謹慎地逐一破解被封鎖的金鑰。

過程中沒有遇到阻礙。

雖然我原本還在擔心要是把人影全滅，說不定還會重新補充，但結果是我想太多了。

看來只要擊敗那些人影一次，防衛機制就會停止運作。

既然如此，那就算我召喚戰鬥分體，說不定也不會有問題。

不過，既然事情都過去了，就算說這些也沒有意義。

反正我最後還是拜大鐮刀所賜，沒有召喚分體就打贏了。

如果是這樣的話，那我對付勇者尤利烏斯的時候，是不是也用這傢伙就行了？

……不，當時可不允許有個萬一，我那麼做應該是對的。

殺死勇者尤利烏斯的招式是腐蝕的邪眼。

跟這把大鐮刀一樣都是即死攻擊。

那是一種用看的就能讓敵人當場斃命的誇張能力。

但代價也相當大。

我的眼珠現在還有傷。

那是即使依靠我的再生能力也無法輕易治癒的重傷。
雖然還能使用透視或遠視之類的能力，但邪眼就必須有所節制了。
雖然不是完全無法使用各種邪眼，但要是用了邪眼，就會讓傷勢變得需要更多時間才能痊癒。
傷勢已經好了相當多，就算我使用邪眼，在抵達妖精之里時應該也痊癒了，但還是好好靜養比較好。
我在與人影們戰鬥時沒有使用邪眼就是因為這個理由。
因為畏懼名為勇者的存在，我才會不惜付出這麼大的代價也非得確實解決掉他不可。
被勇者剋制的魔王自不待言，如果讓勇者拿著勇者劍，甚至連我都有可能死在他手上。
沒能讓他把勇者劍浪費在女王分體身上真的很傷。
因為哈林斯說要處理掉那把勇者劍，我才把劍交給那傢伙，可是為什麼那把劍最後會掛在山田同學的腰上？
這是怎麼回事？
聽說是哈林斯依照勇者尤利烏斯的遺言，把劍交給第三王子列斯頓，而列斯頓又依照勇者尤利烏斯的遺言，把劍交給山田同學。
列斯頓好像有乖乖遵守他跟勇者尤利烏斯之間的約定，沒有把關於勇者劍的事情說出去，把劍交給山田同學時也沒有說明。

列斯頓就算了。

可是哈林斯，你為什麼要把那種超級危險的東西隨便交給別人啊！

那東西對我跟你的本體也有效喔！

他到底在想些什麼……

難不成這也是天之加護的效果嗎！

是天意要把最強的武器交給山田同學嗎！

唉……蠢死了……

根本不可能會有那種事吧。

如果真的是這麼回事，那天之加護就真的無所不能了。

雖然我不清楚哈林斯的意圖，但這讓我對山田同學隨便出手時會有的危險性大幅提升了。

說不定這就是他的目的。

為了牽制我，讓我沒辦法對山田同學等人亂來。

畢竟勇者尤利烏斯就是死在我手上，就算他會提防我那麼做，也是沒辦法的事情。

更何況，如果我當時有成功廢除勇者這個稱號，現在就不用這麼辛苦了。

我把工作暫時全部交給系統專用分體，走到女神身邊。

『熟練度達到一定程度。』

『經驗值達到一定程度。』

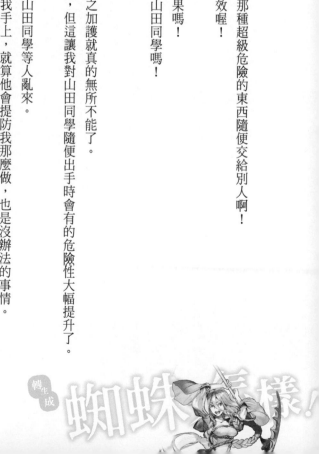

『熟練度達到一定程度。』

明明嘴巴沒在動，女神的聲音卻在這個空間內斷斷續續地響起。

等級提升或技能升級之類的系統訊息就是從這裡傳達給世界各地的人。

那是讓人感受不到感情的平靜通知聲。

所以我才會認為女神的感情與思考都已經被系統剝奪，完全只是個祭品。

可是，說不定……

我睜開眼睛，注視女神的臉孔。

當我殺死勇者尤利烏斯時，系統專用分體們也跟這次一樣，在這裡被防禦機制的人影們襲擊了。

系統專用分體沒有戰鬥能力，不可能有辦法對抗那些人影，當身為本體的我趕到這裡時，下一任勇者已經得到任命，廢除勇者稱號的任務也宣告失敗了。

既然任務已經失敗，我也沒理由繼續挑戰，所以當時就帶著所有系統專用分體撤退了。

然後，當我確認那些人影撤退後，才讓系統專用分體重新回到這裡。

在這一連串的過程中，我並沒有察覺異狀。

如果那是系統防衛機制的預先設定，我可以理解人影們為何會做出那些反應。

可是，有件事情我無論如何都無法釋懷。

那就是山田同學。

山田同學被認定為新任勇者這件事，實在太過巧合了。

他身為轉生者，還擁有天之加護這種誇張的技能，又是前任勇者尤利烏斯的親弟弟。

原來如此……這麼分析以後，更讓人覺得他是擔任勇者的適當人選。

山田同學當上勇者這件事，確實讓身在魔王陣營的我們耗費了不必要的工夫。

應該沒有比他更適合擔任勇者的人了吧？

可是，事情真的是這樣嗎？

我會抱有這樣的疑惑，是因為聽說了歷代勇者與魔王就任的情況。

如果勇者或魔王死掉，並不是在他們死去的下一瞬間就會有其他人來繼承其稱號，誕生出繼任者。

據說會有些許時間間隔，而這段期間會被用來仔細調查適合擔任新任勇者或魔王的人物。

正因為有著些許時間間隔，魔王才能利用支配者權限，至今一直拒絕就任魔王這個職位，直到這一任才點頭答應。

換句話說，至少有著足以讓魔王做選擇的時間。

可是，山田同學這次卻沒有那種時間。

因為是我親手殺死勇者尤利烏斯，又同時透過分體監視著山田同學，才能知道這件事。

那就是勇者尤利烏斯死去，跟山田同學當上勇者，幾乎是在同一時間發生。

完全沒有至今一直都有的時間間隔。

我懷疑這可能是出於某人的意思，才會決定讓山田同學當上新任勇者。

那個人到底是誰？

嫌犯有兩個。

不是D，就是這位女神……

如果是D的話，那倒是無所謂。

那個愉快犯很可能只因為覺得有趣就讓山田同學當上勇者。

可是，萬一犯人不是D呢？

那我可就無法原諒了。

我朝向女神的臉揮出拳頭。

但我又打消這個念頭，在她眼前停手。

……事情還不見得就是那樣。

這位女神竟然踐踏魔王拚命想要拯救她的心意，讓山田同學當上勇者這種事，我絕對不能容許。

我會祈禱事情不是那麼回事。

向女神大人祈禱。

我把手收了回來，然後轉身背對女神，用轉移離開那個地方。

## 8　找系統打架的工作

Sariel

# 莎麗兒

本名不詳。她就是神言教信奉的神言之神，也是女神教信奉的女神，還被愛麗兒視為自己的母親。在系統建構好以前，她就把MA能源的危險性告知人類了。可是，她的勸阻徒勞無功，世界陷入即將崩壞的危機。為了拯救世界免於崩壞，她被人類當成祭品犧牲，最後還跟系統結合，變成系統的骨幹。她被囚禁在艾爾羅大迷宮最下層深處，藉此讓系統正常運作。她一直都在把白過去稱作天之聲（暫定）的聲音，傳遞給全世界的人們。

# 幕間　？？？

在一個未知的地方。
有一個寬廣的空間。
那裡有一位女性。
那位女性只剩下一部分的上半身，身體絕大部分都溶入空間，消失不見了。
實在令人不忍卒睹。
然後，她口中還不斷唸著機械般的話語。
『熟練度達到一定程度。』
『經驗值達到一定程度。』
『熟練度達到一定程度。』
……
『我好痛苦。』

我猛然驚醒。

……是夢啊。

# 終章　消滅妖精的工作

總覺得不想一直待在那個地方，我想也沒想就跑出來了。

反正就算把入侵工作交給系統專用分體去做，好像也不會有問題，應該沒關係吧。

正確來說，是不交給牠們去做也不行……

強制解鎖似乎會耗費不少時間……

我預留的時間好像有點太少了。

不過，就算我這個本體不在，也只會讓作業效率稍微變差，所以只要交給系統專用分體去慢慢解鎖就行了吧。

畢竟之後還有重要工作在等著我。

「我們終於來到這裡了。」

魔王看著前方小聲呢喃。

雖然還只能遠遠望見，但假扮成帝國軍的魔族軍的進軍目的地，已經可以看得見了。

那是一片遼闊的森林。

卡拉姆大森林。

那正是隱藏著妖精之里的森林。

在前方領軍的正規帝國軍已經踏進森林裡了。

因為帝國軍還得砍倒樹木開路，讓後續部隊容易行軍，所以他們前進的速度變慢了。

魔族軍再過不久應該就能追上帝國軍了。

然後，當魔族軍追上的時候，應該也抵達妖精之里了。

這一刻終於來臨了。

我們終於要跟波狄瑪斯一決死戰了。

結果山田同學等人還是順利趕上，成功踏進妖精之里了。

山田同學等人這個不確定因素會如何行動，應該會改變這場戰爭的風向吧。

不過，就只有這件事情是肯定的。

「波狄瑪斯就到此為止了。」

「呵呵，確實如此。」

魔王一邊回應我，一邊露出微笑。

「讓我們去做出了結吧，了結長久以來的恩怨。」

「嗯。」

這是拯救世界的第一步。

我們要摘除長期寄生在這個世界，名為波狄瑪斯的惡性腫瘤。

「我們出發吧。」

「嗯。」

# 後記

大家好嗎！我很好喔！

事情就是這樣，我是過得很好的馬場翁。

這是第十三集了。

十三這個數字給人不吉利的印象，而今年正好就是不好的一年……

以我的情況來說，因為從事作家這個職業，就算待在家裡也能工作，所以沒有太大的問題。

幸好家裡也沒有出現感染者，雖然很難說是平安無事，但還算過得去。

只不過，雖然還是可以執筆寫作，也很難說是完全沒有受到影響，還是遇到了許多問題。

畢竟連家裡附近的書店都暫停營業了……

因為這是過去未曾有過的情況，整個業界都還處於摸索的階段。

不過，我能做到的事情，也就只有努力寫作了。

我會努力用自己的書幫助大家打起精神。

接下來是致謝時間。

我要感謝這次也畫出美麗插圖的輝竜司老師。

雖然是在這種狀況下……不，正因為是在這種狀況下，看到輝竜老師的插圖，才更能治癒我的心靈！

只要看到輝竜老師的插圖，我就會湧現繼續努力的念頭。

我還要感謝負責繪製漫畫版的かかし朝浩老師。

只要看到漫畫版主角時而搞笑，時而嚴肅地努力奮鬥的模樣，也會讓我心生必須跟主角一樣努力的想法。

我還要感謝負責繪製外傳漫畫的グラタン鳥老師。

只要看到四姊妹之間的白痴對話，我就會笑出來，心裡有股暖意，還會感到幸福。

我也想讓小說版讀者感受到同樣的心情……我！……我辦得到嗎？

……グラタン鳥老師的幽默感，我可學不來啊！

然後，我還要感謝負責製作動畫的所有人。

製作動畫是需要許多人一起完成的事情，所以容易受到疫情的影響，肯定遇到了許多困難。

因為大家都很努力，我才會覺得自己也要努力。

我還要宣布關於動畫版的重要消息！

動畫版將從2021年1月開始連續播放兩季！

原本是預定在2020年開始播放，但因為疫情的影響，延期到2021年了……

因為各種緣故，讓動畫版延期到明年才開始播放，還請大家耐心等待！

還要感謝以責編W女士為首，為了讓這本書問世而提供協助的所有人。

以及所有拿起這本書的讀者。

真的非常感謝大家。

## 關於我轉生變成史萊姆這檔事 1~13.5 待續

Kadokawa Fantastic Novels

作者：伏瀨　插畫：みっつばー

**不斷擴大的《轉生史萊姆》世界！**
**超人氣魔物轉生幻想曲官方資料設定集第二彈上市！**

《轉生史萊姆》官方資料設定集第二彈堂堂登場！本集詳盡解說第九集之後的故事、登場角色、世界觀等，同時收錄限定版短篇以及伏瀨老師特別撰寫的加筆短篇「紅染湖畔事變」！此外還有插畫みっつばー老師和岡霧硝老師的特別對談！書迷絕不容錯過！

各 **NT$250~320/HK$75~107**

## 轉生為豬公爵的我，這次要向妳告白 1~3 待續

Kadokawa Fantastic Novels

作者：合田拍子　插畫：nauribon

**豬公爵為尋找龍的幼體探索迷宮！**
**傳說的黑龍卻趁機襲擊學園!?**

　　達利斯下一代女王卡莉娜來訪讓學園為之沸騰，史洛接下照顧公主的職責，並與公主一起前往探索迷宮……此時傳說中的黑龍卻趁機襲擊學園。面對強大的怪物，學園陷入嚴重的混亂……史洛來得及趕回去救援學園與夏洛特的危機嗎!?

**各 NT$220/HK$73~75**

# 熊熊勇闖異世界 1~13 待續

作者：くまなの　插畫：029

Kadokawa Fantastic Novels

**優奈將在灼熱之地，**
**展開新的沙漠冒險！**

受國王所託的優奈，為了將克拉肯的魔石送達，動身前往國境城市——迪賽特。抵達迪賽特城後，優奈在冒險者公會認識了懷有某個重大煩惱的領主女兒——卡麗娜。為了實現她的願望，優奈將挑戰魔物橫行的金字塔迷宮!?

各 NT$230~270/HK$70~83

**汪汪物語～我說要當富家犬，沒說要當魔狼王啦！～ 1~3 待續**

Kadokawa Fantastic Novels

作者：犬魔人　插畫：こちも

**步步逼近的喪屍身上散發出魔王軍的氣息——？**
**今天也鬧哄哄的「芬里爾」轉生奇幻故事，第三彈！**

洛塔如願以償轉世成為富家犬，一封宣告要劫走宅邸寶物的預告信，卻忽然闖入牠悠閒自在的寵物生活！然而，闖進來的卻是可愛的精靈三姊妹，她們背後似乎有什麼苦衷？最近田裡也出現了蔬菜小偷，意外地輕易抓到了犯人……其真面目竟然是骸骨馬！

各 **NT$200~220/HK$67~73**

國家圖書館出版品預行編目資料

轉生成蜘蛛又怎樣！/ 馬場翁作；廖文斌譯. -- 初版.
-- 臺北市：臺灣角川股份有限公司, 2021.01-
冊；　公分. -- (Kadokawa fantastic novels)
譯自：蜘蛛ですが、なにか？
ISBN 978-986-524-176-6(第12冊：平裝). --
ISBN 978-986-524-340-1(第13冊：平裝)

861.57　　109018310

Kadokawa Fantastic Novels

# 轉生成蜘蛛又怎樣！ 13

（原著名：蜘蛛ですが、なにか？ 13）

2021年4月12日 初版第1刷發行

作　　者：馬場翁
插　　畫：輝竜司
譯　　者：廖文斌

發 行 人：岩崎剛人
總 編 輯：蔡佩芬
編　　輯：蘇涵
美術設計：李思穎
印　　務：李明修（主任）、張加恩（主任）、張凱棋

發 行 所：台灣角川股份有限公司
地　　址：105台北市光復北路11巷44號5樓
電　　話：（02）2747-2433
傳　　真：（02）2747-2558
網　　址：http://www.kadokawa.com.tw
劃撥帳戶：台灣角川股份有限公司
劃撥帳號：19487412
法律顧問：有澤法律事務所
製　　版：巨茂科技印刷有限公司
ＩＳＢＮ：978-986-524-340-1